金陵全書

丁編·文獻類

世說新語（一）

（南朝宋）劉義慶　撰

南京出版傳媒集團
南京出版社

圖書在版編目（CIP）數據

世説新語 /（南朝宋）劉義慶撰. -- 南京：南京出版社，2021.4

（金陵全書）

ISBN 978-7-5533-3199-7

Ⅰ. ①世… Ⅱ. ①劉… Ⅲ. ①筆記小説－中國－南朝時代 Ⅳ. ①I242.1

中國版本圖書館CIP數據核字（2021）第033559號

書　　名　【金陵全書】（丁編・文獻類）
世説新語
作　　者　（南朝宋）劉義慶
出版發行　南京出版傳媒集團
南 京 出 版 社
社址：南京市太平門街53號　　郵編：210016
網址：http://www.njcbs.cn　　電子信箱：njcbs1988@163.com
聯系電話：025-83283893、83283864（營銷）　025-83112257（編務）

出 版 人　項曉寧
出 品 人　盧海鳴
責任編輯　楊傳兵　嚴行健
裝幀設計　楊曉崗
責任印製　楊福彬

製　　版　南京新華豐製版有限公司
印　　刷　南京凱德印刷有限公司
開　　本　889毫米×1194毫米　1/16
印　　張　55.25
版　　次　2021年4月第1版
印　　次　2021年4月第1次印刷
書　　號　ISBN　978-7-5533-3199-7
定　　價　1600.00元（全二册）

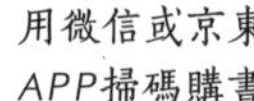

總序

南京，古稱金陵，中國著名的四大古都之一，是國務院首批公佈的國家歷史文化名城。

南京有着六十萬年的人類活動史，近二千五百年的建城史，約四百五十年的建都史，享有『六朝古都』『十朝都會』的美譽。南京歷史的興衰起伏在某種程度上可以説是中國歷史的一個縮影。在中華民族光輝燦爛的歷史長河中，古聖先賢在南京創造了舉世矚目、富有特色的六朝文化、南唐文化、明文化和民國文化，爲中華民族文化的傳承和發展做出了不朽貢獻。然而，由於時代的遞遷、戰爭的破壞以及自然的損毁等原因，歷史上南京的輝煌成就以物質文化形態留存下來的相對較少，見諸文獻典籍的則相對較多。南京文獻内涵廣博，卷帙浩繁，版本複雜。截至一九四九年中華人民共和國成立，南京文獻留存下來的有近萬種，在全國歷史文化名城中名列前茅。以六朝《世説新語》《文心雕龍》《昭明文選》，唐朝《建康實録》，宋朝《景定建康志》《六朝事迹編類》，元朝《至正金陵新志》，明朝《洪武京城圖志》《金陵古今圖考》《客座贅語》，清朝《康熙江寧府志》《白下瑣言》，民國《首都計劃》《首都志》《金陵古蹟圖考》等爲代表的南京地方文獻，不僅是南京文化的集中體現，也是中華民族優秀傳統文化的重要組成部分。這些南京文獻，積澱貯存了歷代南京人民的經驗和智慧，翔實地反映了南京地區的社會變遷，是研究南京乃至全國政治、經濟、軍事、文化、外交和民風民俗的重要資料。

歷史上的南京文化輝煌燦爛，各類圖書典籍琳琅滿目。迄今爲止，南京文獻曾經有過三次不同程度的整理。

第一次是距今六百多年前的明朝永樂年間，明朝中央政府在南京組織整理出版了《永樂大典》。《永樂大典》正文二萬二千八百七十七卷，凡例和目録六十卷，分裝成一萬一千零九十五册，總字數約三億七千萬字。書中保存了中國上自先秦、下迄明初的各種典籍資料達七八千種，是中國古代最大的類書。

第二次是民國年間，南京通志館編印了一套《南京文獻》。《南京文獻》每月一期，從一九四七年元月至一九四九年二月共刊行了二十六期，收入南京地方文獻六十七種，包括元明清到民國各個時期的著作，其中收録的部分民國文獻今天已經成爲絶版。

第三次是二〇〇六年以來，南京出版社選取部分南京珍貴文獻，整理出版了一套《南京稀見文獻叢刊》點校本，到二〇二〇年，已經出版了六十九册一百零五種，時代上起六朝，下迄民國，在學術普及方面做出了一定的貢獻。

中華人民共和國成立以來，尤其是改革開放以來，南京的政治、經濟、文化建設飛速發展，但南京文獻的全面系統整理出版工作一直没有得到應有的重視，這與南京這座國家歷史文化名城的地位頗不相稱。據調查，目前有關南京的各類文獻主要保存在南京圖書館、南京市檔案館，以及全國各地的高等院校、科研院所、圖書館、檔案館、博物館，少數流散於民間和國外。一方面，廣大讀者要查閲這些收藏在全國各地的南京文獻殊爲不便；另一方面，許多珍貴的南京文獻隨着歲月的流逝而瀕臨損毁和失傳。南京文獻的存史、資治、教化、育人功能没有得到應有的發揮。

盛世修史（志）。在中華民族和平崛起和大力弘揚民族傳統文化、全力發展民族文化事業的大背景下，在建設『文化南京』的發展思路下，中共南京市委、南京市人民政府於二〇〇九年十二月做出決定，將南京有史以來的地方文獻進行全面系統的匯集、整理和影印出版，輯爲《金陵全書》（以下簡稱《全書》），以更好地搶救和保護鄉邦文獻，傳承民族文化，推動學術研究，促進南京文化建設；同時，也更爲有効地增加南京文獻存世途徑，提昇南京文獻地位，凸顯南京文獻價值。

爲編纂出能够代表當代最高學術水平和科技成就，又經得起時間檢驗的《全書》，我們將編纂工作分成三個階段進行。第一個階段爲調研階段，主要對南京現存文獻的種類、數量、保存現狀以及收藏地點等進行深入細緻的調研，召集專家學者多次進行學術論證和可操作性論證，撰寫出可行性調查報告，爲科學決策提供依據，此項工作主要由中共南京市委宣傳部和南京出版社組織完成。第二個階段爲啓動階段，以二〇〇九年十二月二十四日召開的『《金陵全書》編纂啓動工作會』爲標志，市委主要領導親自到會動員講話，市委宣傳部對《全書》的編纂出版工作作了明確部署。在廣泛徵求專家學者意見的基礎上，確定了《全書》的總體框架設計，確定了將《全書》列爲市委宣傳部每年要實施的重大文化工程，確定了主要參編責任單位和責任人，並分解了任務。第三個階段爲編纂出版階段，主要在全國範圍内進行資料的徵集、遴選和圖書的版式設計、複製、排版及印製工作。

爲了確保《全書》編纂出版工作的順利進行，中共南京市委、南京市人民政府成立了專門的編纂出版組織機構。其中編輯工作領導小組，由中共南京市委、市政府領導以及相關成員單位主要負責人組成；《全書》的編纂出版工作由市委宣傳部總牽頭；學術指導委員會，由蔣贊初、茅家琦、梁白泉等一批全國著名的專家學者組成，負責《全書》的學術審核和把關。

《全書》分爲方志、史料、檔案和文獻四大類。自二〇一〇年起，計劃每年出版四十册左右。鑒於《全書》的整理出版工作難度較大，周期較長，在具體操作中，我們採取了分工協作的方式。市委宣傳部和南京出版社負責《全書》的總體策劃，其中方志部分，主要由南京市地方志編纂委員會辦公室和南京出版傳媒集團·南京出版社共同承擔；史料和文獻部分，主要由南京圖書館承擔；檔案部分，主要由南京市檔案局（館）承擔。《全書》的編輯出版，得到了江蘇省文化廳、江蘇省新聞出版局、江蘇省檔案局（館）、南京大學、南京圖書館、南京市文廣新局、南京市社科聯（社科院）、南京市文聯、金陵圖書館以及各區委宣傳部和地方志辦公室等單位及社會各界的熱情鼓勵和大力支持，尤其是得到了中國國家圖書館和全國各地（包括港臺地區）高等院校、科研院所、圖書館、檔案館、博物館等藏書單位的鼎力相助，在此表示深深的謝意！

我們相信，在中共南京市委、南京市人民政府的長期不懈支持下，在各部門、各單位的積極配合和衆多專家學者的共同努力下，這項功在當代、利在千秋的傳世工程一定能够圓滿完成。

《金陵全書》編輯出版委員會

凡例

一、《金陵全書》（以下簡稱《全書》）收録的南京文獻，分爲方志、史料、檔案和文獻四大類。

二、《全書》按上述四大類分爲甲、乙、丙、丁四編，以不同的封面顏色加以區分；每編酌分細類，原則上以成書時代爲序分爲若幹册，依次編列序號。

三、《全書》收録南京文獻的地域範圍，包括了清代江寧府所轄上元、江寧、句容、溧水、高淳、江浦、六合。

四、《全書》收録的南京文獻，其成書年代的下限爲一九四九年。

五、《全書》收録方志、史料和文獻，盡量選用善本爲底本。《全書》收録的檔案以學術價值和實用價值較高爲原則，一般選用延續時間較長、相對比較完整的檔案全宗。

六、《全書》收録的南京文獻底本如有殘缺、漫漶不清等情况，必要時予以配補、抽换或修描，以保證全書完整清晰；稿本、鈔本、批校本的修改、批注文字等均保留原貌。

七、《全書》收録的南京文獻，每種均撰寫提要，置於該文獻前，以便讀者了解其作者生平、主要内容、學術文化價值、編纂過程、版本源流、底本採用等情況。

八、《全書》所收文獻篇幅較大時，分爲序號相連的若幹册；篇幅較小的文獻，則將數種合編爲一册。

九、《全書》統一版式設計，大部分文獻原大影印；對於少數原版面過大或過小的文獻，適當進行縮小或放大處理，並加以説明。

十、《全書》各册除保留文獻原有頁碼外，均新編頁碼，每册頁碼自爲起訖。

提要

《世説新語》八卷，南朝宋劉義慶撰，南朝梁劉孝標注。

劉義慶（四〇三—四四四），彭城（今江蘇徐州）人，出生於京口（今江蘇鎮江）。義慶爲劉宋開國皇帝劉裕之侄，襲封臨川王，曾任荆州刺史，爲政平和。史稱其『愛好文義』，『足爲宗室之表』，曾招聚才學之士，主持編纂多種典籍，所編除《世説新語》之外，復有《徐州先賢傳》《江左名士傳》《宣驗記》《集林》等。劉孝標（四六二—五二一），名峻，以字行，平原（今屬山東）人。孝標能文，所作《重答劉秣陵沼書》《辯命論》《廣絶交論》等三篇被收入《文選》，傳誦千載。孝標博覽群書，撰有《類苑》一百二十卷，又曾整理皇家圖書，撰《梁文德殿四部目録》四卷。其注《世説新語》，引録當時傳記、譜牒、地志等各類文獻多達數百種，該洽詳密，注文與正文相互發明，進一步奠定《世説新語》的經典地位。

此書原名《世説》，後人因漢代劉向已有同名著作，遂改稱《世説新書》

《世説新語》，宋代以後通稱《世説新語》。此書編録漢末魏晋時代之名流軼事，分爲三十六篇，開卷四篇依次爲『德行』『言語』『政事』『文學』，其名目仿自《論語》中之『孔門四科』，其中所記多爲褒揚贊美之事。其次爲『方正』『雅量』『識鑒』『賞譽』『品藻』『規箴』『捷悟』『夙惠』『豪爽』等九篇，亦各有值得稱道之處。復次則有『容止』『自新』『企羡』『傷逝』『棲逸』『賢媛』『術解』『巧藝』『寵禮』『任誕』等篇，收録很多個性鮮明、頗能體現魏晋名士風流氣度的人事，仍以正面肯定的人事爲主。最後十二篇，尤其『假譎』『儉嗇』『汰侈』『忿狷』『紕漏』『惑溺』等，則多寓批評勸誡之意。全書計録故事一千一百三十條，涉及人物一千五百多人（包含劉孝標注），上自漢魏，下至晋宋之際，其中主角多爲魏晋名士，又多出身於世家大族，而其記載叙述，則以體現魏晋人物品評、清談玄言、任誕隱逸之類的名士言行爲中心，叙事簡約傳神，描寫清新雋永，妙趣横生。如《忿狷篇》中『王藍田食鷄子』一段云：『王藍田性急。嘗食鷄子，以箸刺之，不得，便大怒，舉以擲地。鷄子於地圓轉未止，仍下地以屐齒蹍之，又不得，瞋甚，復於地取内口中，嚙破即吐之。』寥寥數筆，描繪王述吃鷄蛋之動作與神態，生動地凸顯了王述急躁的個性，可謂言簡意豐，風韵俱足。又如『王子猷雪夜訪戴』『張季鷹蒓鱸之思』『謝道韞咏絮之才』等故事，皆爲書中膾炙人口之名篇。魯迅《中國小説史略》評價其『記言則玄遠冷峻，記行則高簡瑰奇，下至謬惑，亦資一笑』，可謂十分恰當。現代漢語仍在使用的成語典故中，有上百個源自《世説新語》，如『標新立异』『志大才疏』『管中窺豹』『琳琅滿目』『期期艾艾』『望梅止渴』『新亭對泣』『木猶如此，人何以堪』等，亦可見其影響之一斑。《世説新語》撰成於南京，書中很多故事與南京直接相關，故可稱爲南京貢獻給世界的名著。

在傳統學術分類體系中，《世説新語》屬於子部『小説類』。《世説新語》開創了古代小説的一種特殊體裁，通常稱爲『世説體』。魯迅《中國小説史略》則稱其爲『志人小説』之開創者，所謂『志』，就是記載的意思。《世説新語》問世不久，即廣爲流傳，成爲經典名著。後世模仿者衆多，如唐代王方慶有《續世説新書》，宋代王讜有《唐語林》，孔平仲有《續世説》，明代何良俊有《何氏語林》等等，却無一能超越此書。

《世説新語》流傳廣遠，版本衆多，多爲正文與劉孝標注文并行，評注批點者亦多。南京圖書館所藏明萬曆吴興凌氏四色套印本，在歷來《世説新語》傳本中，以批點内容豐富、裝幀考究、印製精美著稱。此書分爲八卷，收録劉辰翁、劉應登、王世懋三人之批點，藍色爲劉辰翁批點，黄色爲劉應登批點，硃色爲王世懋批點，以示區别。另附王世懋、劉應登、袁褧、喬懋敬等人序及高似孫、董弅、陸游、凌瀛初跋，又附《世説名字异稱》（包括《同姓名》《一人兩名》《名與字同》），頗便讀者，兼具文獻價值。

《金陵全書》收録的《世説新語》以南京圖書館藏明萬曆吴興凌氏四色套印本爲底本原大影印出版。

程章燦

批點世說新語序

易稱書不盡言言不盡意然則書者言之餘響而言者意之景測也是以莫逆之旨恒存乎相視糟粕之喻無與於心傳由百世之下讀其書而欲想見其爲心不亦遠乎此立言者之所以難也晉人雅尚清譚風流暎於

後世而臨川王生長晉末沐浴浸漑述爲此書至今諷習之者猶能令人舞蹈若親覩其獻酬儻在當時聆樂衞之韶音承殷劉之潤響引宮刻羽貫心入髀尚書爲之含笑平子由斯絕倒不亦宜乎葢晉人之譚所謂言之近意而臨川此書抑亦書之近言

者也余幼而酷嗜此書中年彌甚恒著巾箱鉛槧數易韋編欲絕第其句或勾棘語近方言句深則難斷語異則難通積思累校小獲疏明終乎闕疑以遵聖訓至於孝標一註博引旁綜前無古人裴松之三國志註差得比肩而頗爲俗夫攙入叔世之譚恨

不能盡別淄澠時一標出以洗卯金氏之寃初雖闕之帳中旣欲公之炙嗜而忝知喬公見之亟相賞譽即授梓人爰綴末章敘所繇梓是編也成吾豈敢謂二氏之忠臣抑庶幾不爲風雅之辠人乎

吴郡王世懋撰

王氏敬美

舊序

晉人樂曠多奇情故其言語文章别是一色世說可覩已說爲晉作及於漢魏者其餘耳雖典雅不如左氏國語馳騖不如諸國策而清微簡遠居然玄勝槩舉如衛虎度江安石教兒機鋒似沈滑稽又冷類入人夢思有味有情嚥之愈多嚼之不見葢于時諸公剸以一言半句爲終身之目未若後來人士俛焉下筆始定名價臨

川善述更自高簡有法反正之評戾實之載豈不或有亦當頌之使與諸書並行也晚後淺俗奈解人正不可得於戲人言江左清談遺事槃槃一老出其遊戲餘力尚足辦此百萬之敵兹非談之宗歟抑吾取其文而非論其人也丙戌長夏病思無聊因手校家本精刻其長註間疏其滯義明年以授梓人乃五月既望梓成耘廬劉應登自書其端是爲序

甞攷載記所述晉人話言簡約玄澹爾雅有韻
世言江左善清談今閱新語信乎其言之也臨
川撰爲此書採擷綜叙明暢不繁孝標所注能
收録諸家小史分釋其義詁訓之賞見於高似
孫緯略余家藏宋本是放翁校刊本謝湖躬耕
之暇手披心寄自謂可觀爰付梓人傳之同好
因歎昔人論司馬氏之祚亾於清談斯言也無
乃過甚矣乎竹林之儔希慕沂樂蘭亭之集詠

歌堯風陶荊州之勤敏謝東山之恬鎮解莊易則輔嗣平叔擅其宗析梵言則道林法深領其乘或詞冷而趣遠或事瑣而意奧風旨各姝人有典託王茂弘祖士雅之流才通氣峻心翼異王室又斑斑載諸册簡是可非之者哉詩不云乎濟濟多士文王以寧余以瑯琊王之渡江諸賢弘賛之力爲多非強説也夫諸賢言率遇藻裁遂爲終身品目故類以標格相高玄虛成習一

時雅尚有東京廚俊之流風焉然曠達拓落濫觴莫拯取譏世教撫卷惜之此於諸賢不無遺憾焉耳矣刻成序之嘉靖乙未歲立秋日也吳郡袁褧撰

西晉士風號稱簡禮甚矣而朞功絲竹尚蒙史氏之譏至其推明老莊之旨諸爲譚辯渺湯無根猶時時爲理屈也吾觀今世儒者皆知宗孔氏而其說未曾不奇于玄空乃若薦紳守禮之

家不見譏于史氏者能幾何哉吾是以知西晉之士未爲甚詭于先聖其風猶有可存者是書爲臨川王所著而孝標之註往往補其闕而剔其訛足備一代之言顧其說時相牴牾又或不可句解者尚多也督學麟洲王公該洽今古于是書尤爲篤嗜時有批評竄點覃精絕韋不自知其用心之勤矣余幸而獲觀焉闡幽發隱睦耳恖心致足樂也遂請而俾諸梓烏乎極晉人

立言之意所謂蕩而有歸者參之以次公之論
庶幾其意可求于以翼世教者非鋭矣若曰苟
資譚說而已則豈深于是書者哉萬曆辛巳之
夏月雲間喬懋敬允德甫撰

舊題 見高氏緯略

宋臨川王義慶采擷漢晉以來佳事佳話爲世說新語極爲精絕而猶未爲奇也梁劉孝標注此書引援詳確有不言之妙如引漢魏吳諸史及子傳地理之書皆不必言只如晉氏一朝史及晉諸公列傳譜錄文章凡一百六十六家皆出於正史之外記載特詳聞見未接寔爲注書之法

舊跋

右世說三十六篇世所傳釐為十卷或作四十五篇而末卷但重出前九卷中所載余家舊藏蓋得之王原叔家後得晏元獻公手自校本盡去重復其注亦小加剪截最為善本晉人雅尚清談唐初史臣修書率意竄定多非舊語尚賴此書以傳後世然字有譌舛語有難解以它書證之間有可是正處而注亦比晏本時為增損

至於所疑則不敢妄下雌黃姑亦傳疑以竢通
博紹興八年夏四月癸亥廣川董弅題

郡中舊有南史劉賓客集版皆廢于火世說亦
不復在游到官始重刻之以存故事世說最後
成因併識于卷末淳熙戊申重五日新定郡守
笠澤陸游書

余弱冠時幸睹王次公批點世說一書發明詳備可
稱鉅觀以刻自豫章藩司中不能家傳戶誦為恨壬

午秋嘗命之梓殺青無幾惜板忽星失余唯是有志而未逮也嗣後家弟初成得馮開之先生所秘辰翁應登兩家批註本刻之爲鼓吹欣然曰向年蠹簡殘編已成煨燼今獲捃摭其全良爲快事行之已久獨失載圈點未免有遺珠之嘆予復合三先生手澤耘廬綴以黄須溪綴以藍敬美綴以硃分次井然庶覽者便于别識云

吳興凌瀛初識

世說名字異稱

武帝操字孟德　亦稱曹公　魏武　魏太祖

文帝丕字子桓　亦稱文帝　魏文帝　五官中郎　五官將

陳思王植字子建　亦稱東阿　臨淄侯

歸命侯皓字元宗　附　一名彭祖

文王師字子元　亦稱司馬景王

景王昭字子上　亦稱司馬文王

簡文帝昱字道萬　亦稱簡文　會稽王　相王　撫軍

司馬晞字道升　亦稱太宰　武陵王

會稽王道子　亦稱太傅

愍王丞字元敬　亦稱譙王

荀淑字季和　亦稱朗陵

陳寔字仲弓　亦稱太丘

張昭字子布　亦稱輔吳

陳羣字長文　亦稱司空

顧榮字彥先　亦稱驃騎　元公

鄧攸字伯達　亦稱僕射

王廙字世將　亦稱平南

王昶字文舒　亦稱司空

裴徽字文季　亦稱冀州　使君

裴頠字逸民　亦稱僕射　成公　裴公

陸機字士衡　亦稱平原

陸雲字士龍　亦稱清河

蔡洪字叔開　亦稱秀才

羊祜字叔子　亦稱羊公　太傅

王乂字叔元　亦稱平北

王衍字夷甫　亦稱太尉

阮籍字嗣宗　亦稱步兵　阮公

嵇康字叔夜　亦稱中散　嵇公

王戎字濬仲　亦稱安豐　阿戎

山濤字巨源　亦稱司徒　山公

裴楷字叔則　亦稱裴令　令公

樂廣字彥輔　亦稱樂令

荀勗字公曾　亦稱濟北

謝鯤字幼輿　亦稱豫章

賀邵字興伯　亦稱太傅

賀循字彥先　亦稱司空　賀生

王澄字平子　亦稱阿平

王敦字處仲　亦稱阿黑　大將軍

王導字茂弘　亦稱阿龍　丞相　王公

司空　冶城公

庾亮字元規　亦稱庾公　文康　太尉

祖納字士言　亦稱光祿

王湛字處沖　亦稱汝南

溫嶠字太真　亦稱溫公　忠武

諸葛恢字道明　亦稱諸葛令

謝裒字幼儒　亦稱尚書

卞壼字望之　亦稱卞令

庾敳字子嵩　亦稱中郎

庾琮字子躬　亦稱庾公

祖逖字士稚　亦稱車騎

衛玠字叔寶　亦稱虎　洗馬

周顗字伯仁　亦稱僕射　周侯

周謨字叔治　亦稱阿奴

陶侃字士行　亦稱陶公

桓彝字茂倫　亦稱廷尉　常侍

殷羨字洪喬　亦稱豫章

褚裒字季野　亦稱褚公
殷融字洪遠　亦稱太常
劉惔字眞長　亦稱劉尹
王承字安期　亦稱東海
韓伯字康伯　亦稱豫章　太常
許詢字玄度　亦稱阿訥　許掾
顧和字君孝　亦稱司空
郗鑒字道徽　亦稱太尉　太傅　司空
郗公

王恭字孝伯　亦稱寗

謝尚字仁祖　亦稱鎮西　堅石

謝奕字無奕　亦稱安西　晉陵

謝奉字弘道　亦稱安南

謝安字安石　亦稱太傅　謝公　文靖
僕射　侍中

謝萬字萬石　亦稱阿萬　中郎

高崧字茂琰　亦稱阿酃　侍中
高靈

王述字懷祖　亦稱藍田　宛陵

王胡之字修齡　亦稱阿齡　司州

王濛字仲祖　亦稱阿奴　長史

張湛字處度　亦稱驎

江虨字思玄　亦稱僕射

裴遐字叔道　亦稱散騎

王徽字幼仁　亦稱荆産

孫綽字興公　亦稱長樂

郗愔字方回　亦稱司空　郗公

桓溫字元子 亦稱桓公 征西 大司馬 宣武 荊州

王羲之字逸少 亦稱右軍 臨川

荀羨字令則 亦稱中郎

庾翼字穉恭 亦稱征西 小庾 小征西

何充字次道 亦稱驃騎 揚州

蔡謨字道明 亦稱蔡公 司徒

阮裕字思曠 亦稱光祿 阮公 主簿

庾冰字季堅 亦稱司空

陶範字道則　亦稱胡奴

袁宏字彥伯　亦稱虎

桓沖字玄叔　亦稱車騎

桓邈字伯道　亦稱石頭

殷浩字淵源　亦稱阿源　揚州　中軍　殷侯

陸玩字士瑤　亦稱太尉

卞範之字敬祖　亦稱鞠

吳坦之字處靖　亦稱道助

吳隱之字處默　亦稱附子
郗曇字重熙　亦稱中郎
桓歆字叔道　亦稱式
王修字敬仁　亦稱苟子
劉淮字伯濟　亦稱河内
孔坦字君平　亦稱廷尉
阮共字伯彥　亦稱衛尉
王蘊字叔仁　亦稱阿興　光祿

庾友字惠彥　亦稱玉臺

王爽字季明　亦稱睹

謝玄字幼度　亦稱遏　車騎　孝

謝韶字穆度　亦稱末

謝淵字叔度　亦稱胡

謝琰字瑗度　亦稱末婢　望蔡

王恬字敬豫　亦稱王螭　阿螭

李康字玄胄　亦稱秦州

王洽字敬和　亦稱領軍　車騎

王薈字敬文　亦稱小奴　衛軍

劉驎之字子驥　亦稱遺民

孔羣字敬休　亦稱中丞

謝朗字長度　亦稱胡兒　東陽

孔愉字敬康　亦稱車騎

王舍字處弘　亦稱光祿

袁喬字彦升　亦稱羊

栢伊字叔夏　亦稱子野　護軍

孔安國字安國　亦稱僕射

戴逵字安道　亦稱戴公

劉瑾字仲璋　亦稱太常

謝據字立道　亦稱虎子　中郎

曹茂之字永世　亦稱蜍

王凝之字叔平　亦稱江州

王徽之字子猷　亦稱黃門

郗超字景興　亦稱嘉賓

郗愔字道胤　亦稱尚書　雍州　阿乞

王禕之字文劭　亦稱僧恩

王坦之字文度　亦稱中郎　安北　北中郎

王獻之字子敬　亦稱阿敬　王令

王臨之字仲產　亦稱東陽　阿林

張玄之字祖希　亦稱冠軍　吳興

王楨之字公幹　亦稱侍中　思道　主簿

王詢字元琳　亦稱法護　東亭　阿瓜

王珉字季琰　亦稱僧彌　阿彌　王彌　小令

庾倩字少彥　亦稱倪

王愉字茂和　亦稱僕射

褚爽字茂弘　亦稱期生

王忱字元達　亦稱佛大　王大　阿大　荊州　建武

許璪字思文　亦稱侍中

桓玄字敬道　亦稱靈寶　南郡　義興

庾羲字叔和　亦稱道恩

范甯字武子　亦稱豫章

江敳字仲凱　亦稱盧奴

王廞字伯輿　亦稱長史

庾會字會宗　亦稱阿恭

裴榮字榮期　亦稱裴郎

王熙字叔和　亦稱齊

庾玄之字仲真　亦稱園客

桓嗣字恭祖　亦稱豹奴
張鎮字義遠　亦稱蒼梧
郗融字景山　亦稱倉
王肅之字幼恭　亦稱咨議
王彭之字安壽　亦稱虎㹠
王彪之字叔虎　亦稱虎犢
王虔之字文將　亦稱阿智
鄧遐字應玄　亦稱竟陵

衛展字道舒　亦稱江州
何澄字子玄　亦稱僕射
應詹字思遠　亦稱鎮南
庾統字長仁　亦稱赤玉
李重字茂重　亦稱平陽
孫騰字伯海　亦稱僧奴
王謐字雅遠　亦稱武岡
孔巖字彭祖　亦稱西陽

孔淳之字克深　亦稱隱士

謝混字叔源　亦稱益壽　望蔡

竺法汰　亦稱汰法師

竺法深　亦稱深公

支遁字道林　亦稱林公　支公　支法師　林道人　林法師

尸黎密　本稱高坐道人

竺德　本稱道壹道人

慧遠　姓賈本稱遠公

同姓名

袁宏字彥伯　亦稱虎

袁宏字奉高

郝隆字佐治

郝隆字弘始

王渾字玄沖　亦稱司徒

王渾字長原

王愷字君夫

王愷字茂仁

一人兩名

荀奭字慈明　一名諝

鄧艾字士載　一名範字士則

趙至字景真　一名翼字陽

名與字同

殷仲文字仲文

孔安國字安國

世說新語目録

卷八

劉會孟曰世說所載多無識語然皆今人所有之則古亦不可謂無故自未可棄耳

世說新語

德行

陳仲舉言爲士則行爲世範登車攬轡有澄清天下之志汝南先賢傳曰陳蕃字仲舉汝南平與人有室荒蕪不掃除曰大丈夫當爲國家掃天下値漢桓之末閹豎用事外戚豪橫及拜太傅與大將軍竇武謀誅宦官反爲所害爲豫章太守海內先賢傳曰蕃爲尚書以忠正忤貴戚不得在臺遷豫章太守至便問徐孺子所在欲先看之謝承後漢書曰徐穉字孺子豫章南昌人清妙高跱超世絕俗前後爲諸公所辟雖不就及其死萬里赴弔常預炙雞一

劉應登曰謂陳欲便看孺子而主簿欲其候入廨後

隻以綿漬酒中暴乾以裹雞徑到所赴冢隧外以水漬綿斗米飯白茅爲藉以雞置前醊酒畢留謁即去不見喪主

王主簿白羣情欲府君先入廨陳曰武王式商容之閭席不暇煖

許叔重曰商容殷之賢人老子師也車上跽曰式

吾之禮賢有何不可

袁宏漢紀曰蕃在豫章爲郡獨設一榻去則懸之見禮如此

周子居常云吾時月不見黃叔度則鄙吝之心已復生矣

子居別見典畧曰黃憲字叔度汝南愼陽人時論者咸云顏子復生而族出孤鄙父爲牛醫潁川荀季和執憲手曰足下吾師範也後見袁奉高曰卿國有顏子寧知之

王敬美曰叔度直是難窺究竟雅量第一

不濁易見不清難知淑是妙言

乎奉高曰卿見吾叔度邪戴良少所服下見憲則自降薄悵然若有所失母問汝何不樂乎復從牛醫兒所來邪良曰瞻之在前忽焉在後所謂良之師也

郭林宗至汝南造袁奉高續漢書曰郭泰字宗林太原介休人泰少孤年二十行學至城阜屈伯彥精廬乏食衣不蓋形而處約味道不改其樂李元禮一見稱之曰吾見士多矣無如林宗者也及卒蔡伯喈爲作碑曰吾爲人作銘未嘗不有慚容唯爲郭有道碑頌無愧耳初以有道君子徵泰曰吾觀乾象人事天之所廢不可支也遂辭以疾汝南先賢傳曰袁宏字奉高愼陽人友黃叔度於童齒薦陳仲舉於家巷辟大尉掾卒車不停軌鸞不輟軛詣黃叔度乃彌日信宿人問其故

本語云奉高清而易挹四字有味不宜去

此淺何德行

林宗曰叔度汪汪如萬頃之陂澄之不清擾之不濁其器深廣難測量也泰別傳曰薛恭祖問之泰曰奉高之器譬諸汎濫雖清易挹也

李元禮風格秀整高自標持欲以天下名教是非爲己任薛瑩後漢書曰李膺字元禮潁川襄城人抗志清妙有文武儁才遷司隸校尉爲黨事自殺後進之士有升其堂者皆以爲登龍門三秦記曰龍門一名河津去長安九百里水懸絕龜魚之屬莫能上上則化爲龍矣

李元禮嘗歎荀淑鍾皓先賢行狀曰荀淑字季和潁川潁陰人也所拔

帝禍劍牧之中，執案刀筆之吏，皆為英彥，舉方正，補朗陵侯相，所在流化。鍾皓字季明，潁川長社人，父祖至德著名。皓高風承世，除林慮長，不之官。人位不足，天爵有餘。曰：「荀君清識難尚，鍾君至德可師。」海內先賢傳曰：潁川先輩為海內所師者，定陵陳稚叔、潁陰荀淑、長社鍾皓。少府李膺宗此三君，常言：荀君清識難尚，陳、鍾至德可師。

陳太丘詣荀朗陵，貧儉無僕役，陳寔傳曰：寔字仲弓，潁川許昌人。為聞喜令、太丘長，風化宣流。乃使元方將車，先賢行狀曰：陳紀字元方，寔長子也。至德絕俗，與寔高名並著，而弟諶又配之。每宰府辟召，羔鴈成羣，世號三君，百城皆圖畫。季方持杖後從，長文尚小，載箸車中。既至，荀使

六龍語鄙

允註有五百里內漢不可少

意是耳覺此語為煩

叔慈應門慈明行酒餘六龍下食張璠漢紀曰淑有八子儉鯤靖燾汪爽肅敷淑居西豪里縣令苑康曰昔高陽氏有才子八人遂署其里爲高陽里時人號曰八龍文若亦小坐箸厀前于時太史奏眞人東行檀道鸞續晉陽秋曰陳仲弓從子姪造荀父子于時德星聚太史奏五百里賢人聚

客有問陳季方海內先賢傳曰陳諶字季方寔少子也才識博達司空掾公車徵不就足下家君太丘有何功德而荷天下重名季方曰吾家君譬如桂樹生泰山之阿上有萬仞之高下有不測之深上爲甘露所霑下爲淵

家翁語

巨伯固高此賊亦入德行之選矣

泉所潤當斯之時桂樹焉知泰山之高淵泉之深不知有功德與無也

陳元方子長文有英才魏書曰陳羣字長文祖寔謂人曰此兒必興吾宗及長有識度其所善皆父黨與季方子孝先陳氏譜曰諶子忠字孝先州辟不就各論其父功德爭之不能決咨于太丘太丘曰元方難爲兄季方難爲弟一作元方難爲弟季方難爲兄

荀巨伯遠看友人疾荀氏家傳曰巨伯漢桓帝時人也亦出潁川未詳其始末値胡賊攻郡友人語巨伯曰吾今死矣子可

賊語亦佳

去巨伯曰遠來相視子令吾去敗義以求生豈荀巨伯所行邪賊既至謂巨伯曰大軍至一郡盡空汝何男子而敢獨止巨伯曰友人有疾不忍委之寧以我身代友人命賊相謂曰我輩無義之人而入有義之國遂班軍而還一郡並獲全

寫得可觀

華歆遇子弟甚整雖閒室之内嚴若朝典魏志曰歆字子魚平原高唐人魏略曰靈帝時與北海邴原管寧俱遊學相善時號三人爲一龍謂歆爲

捉擲未害其真强生優劣其優劣不在此

龍頭寧爲龍腹原爲龍尾陳元方兄弟恣柔愛之道而二門之裏兩不失雍熙之軌焉

管寧華歆共園中鋤菜傅子曰寧字幼安北海朱虛人齊相管仲之後也見地有片金管揮鋤與瓦石不異華捉而擲去之又嘗同席讀書有乘軒冕過門者寧讀如故歆廢書出看寧割席分坐曰子非吾友也魏略曰寧少恬靜常笑邴原華子魚有仕宦意及歆爲司徒上書讓寧寧聞之笑曰子魚本欲作老吏故榮之耳

名言

王朗每以識度推華歆魏書曰朗字景興東海郯人魏司徒歆蜡日禮記曰天子大蜡八伊耆氏始爲蜡蜡索也歲十二月合聚萬物而索饗之五經要義曰三代名臘夏曰嘉平殷曰清祀周曰大蜡總謂之臘晉博士張亮議曰蜡者合聚百物索饗之歲終休老息民也臘者祭宗廟五祀傳曰臘接也祭則新故交接也秦漢已來臘之明日爲祝歲古之遺語也嘗集子姪燕飲王亦學之有人向張華說此事張曰王之學華皆是形骸之外去之所以更遠王隱晉書曰張華字茂先范陽人也累遷司空而爲趙王倫所害

華歆王朗俱乘船避難有一人欲依附歆輒難

閱世而後知其類賴有此語

管勝華、後勝王人不可以無辨

之朗曰幸尚寬何爲不可後賊追至王欲舍所攜人歆曰本所以疑正爲此耳既已納其自託寧可以急相棄邪遂攜拯如初世以此定華王之優劣 華嶠譜敘曰歆爲下邽令漢室方亂乃與同志士鄭太等六七人避世自武關出道遇一丈夫獨行願得與俱皆哀許之歆獨曰不可今在危險中禍福患害義猶一也今無故受之不知其義若有進退可中棄乎衆不忍卒與俱行此丈夫中道墮井皆欲棄之歆乃曰已與俱矣棄之不義卒共還出之而後別

王祥事後母朱夫人甚謹 晉諸公贊曰祥字休徵琅邪臨沂人祥世

家曰祥父融娶高平薛氏生祥繼室以廬江朱氏生覽晉陽秋曰後母數譖祥屢以非理使祥弟覽輒與祥俱又虐使祥婦覽妻亦趨而共之母患方盛寒冰凍母欲生魚祥解衣將剖冰求之會有處水小解魚出蕭廣濟孝子傳曰祥後母忽欲黃雀炙祥念難卒致須臾有數十黃雀飛入其幕母之所須必自奔走無不得焉其誠至如此

家有一李樹結子殊好母恒使守之時風雨忽至祥抱樹而泣蕭廣濟孝子傳曰祥後母庭中有李始結子使祥晝視鳥雀夜則趨鼠一夜風雨大至祥抱泣至曉母見之惻然

祥嘗在別牀眠母自往闇斫之值祥私起空所得被既還知母憾之不已因跪前請死

六十而仕不
害爲太保

曠達之人而
稱其至愼老
賊滲自有見
也

母於是感悟愛之如巳子虞預晉書曰祥以後母故陵遲不仕年六十刺史呂虔檄爲别駕時人歌之曰海沂之康寔賴王祥邦國不空别駕之功累遷太保

晉文王稱阮嗣宗至愼每與之言言皆玄遠未嘗臧否人物魏書曰文王諱昭字子上宣帝第二子也魏氏春秋曰阮籍字嗣宗陳留尉氏人阮瑀子也宏達不羈不拘禮俗兖州刺史王昶請與相見終日不得與言昶愧歎之自以不能測也口不論事自然高邁李康家誡曰昔嘗侍坐於先帝時有三長史俱見臨辭出上曰爲官長當清當愼當勤修此三者何患不治乎並受詔上顧謂吾等曰必不得巳而去於斯三者何先或對曰清固爲本復問吾吾對曰清愼之道相須而成必不得巳愼乃爲大上

又與忤物致
慴靳鍾會意
別

曰卿言得之矣可舉近世能慎者誰乎吾乃舉故太尉荀景倩尚書董仲達僕射王公仲上曰此諸人者温恭朝夕執事有恪亦各其慎也然天下之至慎者其唯阮嗣宗乎每與之言言及玄遠而未嘗評論時事臧否人物可謂至慎乎

王戎云與嵇康居二十年未嘗見其喜愠之色康集敘曰康字叔夜譙國銍人王隱晉書曰嵇本姓奚其先避怨徙上虞移譙國銍縣以出自會稽取國一支音同本奚焉虞預晉書曰銍有嵇山家於其側因氏焉康別傳曰康性含垢藏瑕愛惡不爭於懷喜怒不寄於顏所知王濬沖在襄城面數百未嘗見其疾聲朱顏此亦方中之美範人倫之勝業也文章敘錄曰康以魏長樂亭主壻遷郎中拜中散大夫

言其骨立

王戎和嶠同時遭大喪俱以孝稱王雞骨支牀和哭泣備禮晉諸公贊曰戎字濬沖琅邪人太保祥宗族也文皇帝輔政鍾會薦之曰裴楷清通王戎簡要即俱辟爲掾晉踐祚累遷荊州刺史以平吳功封安豐侯晉陽秋曰戎爲豫州刺史遭母憂性至孝不拘禮制飲酒食肉或觀棊奕而容貌毀悴杖而後起時汝南和嶠亦名士也以禮法自持處大憂量米而食然顦顇哀毀不逮戎也武帝謂劉仲雄曰王隱晉書曰劉毅字仲雄東萊掖人漢城陽景王後也亮直清方見有不善必評論之王公大人望風憚之僑居陽平太守杜恕致爲功曹沙汰郡吏三百餘人三魏僉曰但聞劉功曹不聞杜府君累遷尚書司隸校尉卿數省王和不聞和哀

此語可入佛經註疏第巳奉不足中表根偏

苦過禮使人憂之仲雄曰和嶠雖備禮神氣不損王戎雖不備禮而哀毀骨立臣以和嶠生孝王戎死孝陛下不應憂嶠而應憂戎

梁王趙王朱鳳晉書曰宣帝張夫人生梁孝王彤字子徽位至太宰栢夫人生趙王倫字子彝位至相國國之近屬貴重當時裴令公晉諸公贊曰裴楷字叔則河東聞喜人司空秀之從弟也父徽冀州刺史有俊識楷特精易義累遷河南尹中書令卒歲請二國租錢數百萬以恤中表之貧者或譏之曰何以乞物行惠裴曰損有餘補不足

戎從祖語似同時

形容甚至

天之道也。名士傳曰：楷行已取與任心而動，毀譽雖至，處之晏然，皆此類。

王戎云：太保居在正始中，不在能言之流。及與之言，理中清遠，將無以德掩其言！晉陽秋曰：祥美德行。

王安豐遭艱，至性過人。裴令往弔之，曰：若使一慟果能傷人，濬沖必不免滅性之譏。曲禮曰：居喪之禮，毀瘠不形，視聽不衰。不勝喪，乃比於不慈不孝。孝經曰：毀不滅性，聖人之教也。

王戎父渾有令名，官至涼州刺史。世語曰：渾字長原，有才望，歷尚書、涼州刺史。渾薨，所歷九郡義故，懷其德惠，相率

晚節乃握牙籌鑽李核

致賻數百萬戎悉不受虞預晉書曰戎由是顯名

劉道眞嘗爲徒晉百官名曰劉寶字道眞高平人徒罪役作者扶風王駿虞預晉書曰駿字子臧宣帝第十七子好學至孝晉諸公贊曰駿八歲爲散騎常侍侍魏齊王講晉受禪封扶風王鎭關中爲政最美薨贈武王西土思之但見其碑贊者皆拜之而泣其遺愛如此以五百疋布贖之既而用爲從事中郎當時以爲美事

王平子胡母彥國諸人皆以任放爲達或有裸體者晉諸公贊曰王澄字平子有達識荊州刺史永嘉流人名曰胡母輔之字彥國泰山

奉高人湘州刺史王隱晉書曰魏末阮籍嗜酒荒放露頭散髮裸袒箕踞其後貴游子弟阮瞻王澄謝鯤胡毋輔之之徒皆祖述於籍謂得大道之本故去巾幘脫衣服露醜惡同禽獸甚者名之爲通次者名之爲達也

樂廣笑曰名教中自有樂地何爲乃爾也

郗公值永嘉喪亂在鄉里甚窮餒鄉人以公名德傳共飴之公常攜兄子邁及外生周翼二小兒往食鄉人曰各自饑困以君之賢欲共濟君耳恐不能兼有所存公於是獨往食輒含飯著

兩頰所箸能幾足哺二兒見非甚小在穀氣不絶耳哀哉

不可謂無

謂以酒食請之

兩頰邊還吐與二兒後並得存同過江郗鑒別傳曰鑒字道徽高平金鄉人漢御史大夫郗慮後也少有體正耽思經籍以儒雅著名永嘉末天下大亂饑饉相望冠帶以下皆割已之資供鑒元皇徵爲領軍遷司空太尉中興書曰鑒兄子邁字思遠有幹世才畧累遷少府中護軍

郗公亡翼爲剡縣解職歸席苫於公靈牀頭心喪終三年周氏譜曰翼字子卿陳郡人祖奕上谷太守父傻車騎咨議歷剡令青州刺史少府卿六十四而卒

顧榮在洛陽嘗應人請覺行炙人有欲炙之色因輟已施焉同坐嗤之榮曰豈有終日執之而

不知其味者乎後遭亂渡江每經危急常有一人左右已問其所以乃受炙人也

文士傳曰榮字彥先吳郡人其先越王勾踐之支庶封於顧邑子孫遂氏焉世爲吳著姓大父雍吳丞相父穆宜都太守榮少朗俊機警風穎標徹歷廷尉正曾在省與同僚共飲見行炙者有異於常僕乃割炙以噉之後趙王倫篡位其子爲中領軍逼用榮爲長史及倫誅榮亦被執凡受戮等輩十有餘人或有救榮者問其故曰榮省中受炙臣也榮悟而歎曰一餐之惠恩今不忘古人豈虛言哉

祖光祿少孤貧性至孝常自爲母炊爨作食

王隱晉書曰祖納字士言范陽遒人九世孝廉納諸母三兄最治行操能清言歷太子中庶子廷尉

詳時人之戲以王平北用二婢換得一奴故光祿戲答如此始雖稱祖孝行既乃入於排調

卿避地江南溫嶠薦爲光祿大夫

王平北聞其佳名以兩婢餉之因取爲中郎王乂別傳曰乂字叔元瑯邪臨沂人時蜀新平二將作亂文帝西之長安乃徵爲相國司馬遷大尚書出督幽州諸軍事平北將軍有人戲之者曰奴價倍婢祖云百里奚亦何必輕於五羖之皮邪楚國先賢傳曰百里奚字井伯楚國人少仕於虞爲大夫晉欲假道於虞以伐虢諫而不聽奚乃去之說苑曰秦穆公使賈人載鹽於虞諸賈人買百里奚以五羊皮穆公觀鹽怪其牛肥問其故對曰飲食以時使之不暴是以肥也公令有司沐浴衣冠之公孫支讓其卿位號曰五羖大夫

周鎮罷臨川郡還都未及上住泊清溪渚永嘉流人名曰鎮字康時陳留尉氏人也祖父和故安令父震司空長史中興書曰鎮清約寡欲所在有異績王丞相往看之丞相別傳曰王導字茂弘瑯邪人祖覽以德行稱父裁侍御史導少知名家世貧約恬暢樂道未嘗以風塵經懷也時夏月暴雨卒至舫至狹小而又大漏殆無復坐處王曰胡威之清何以過此即啟用為吳興郡晉陽秋曰胡威字伯虎淮南人父質以忠清顯質為荊州威自京師往省之及告歸質賜威絹一匹威跪曰大人清高於何得此質曰是吾奉祿之餘故以為汝糧耳威受而去每至客舍自放驢取樵爨炊食畢復隨旅進

政有畏人知耳善推其父

謂繫兒樹上者喜談全侄而甚之也使其追及任所能行何事於繫言繫者謬罪繫又非

道質帳下都督陰齎糧要之因與爲伴每事相助經營之又進少飯威疑之密誘問之乃知都督也謝而遣之後以白質質杖都督一百除其吏名父子清慎如此及威爲徐州世祖賜見與論邊事及平生帝歎其父清因謂威曰卿清孰與父對曰臣清不如也帝曰何以爲勝汝邪對曰臣父清畏人知臣清畏人不知是以不如遠矣

鄧攸始避難於道中棄己子全弟子晉陽秋曰攸字伯道平陽襄陵人七歲喪父母及祖父母持重九年性清慎平簡鄧粲晉紀曰永嘉中攸爲石勒所獲召見立幕下與語說之坐而飯焉攸車所止與胡人鄰轂胡人失火燒車營勒吏案問胡胡誣攸攸度不可與爭乃曰向爲老姥作粥失火延逸罪應萬死勒知遺之所誣胡厚德攸遺其

世難萬不兩全勢不周於則可何爲苦繫之樹必欲殺之本欲須鄧公高誼乃令成一大恐人中興書於是爲不情矣

驢馬護送令得逸王隱晉書曰攸以路遠斫壞車以牛馬負妻子以叛賊又掠其牛馬攸語妻曰吾弟早亡唯有遺民今當步走儋兩兒盡死不如棄己兒抱遺民吾後猶當有兒婦從之中興書曰攸棄兒於草中兒啼呼追之至莫復及攸明日繫兒於樹而去遂渡江至尚書左僕射卒弟子綏服攸齊衰三年既過江取一妾甚寵愛歷年後訊其所由妾具說是北人遭亂憶父母姓名乃攸之甥也攸素有德業言行無玷聞之哀恨終身遂不畜妾

王長豫爲人謹順事親盡色養之孝中興書曰王悅字長

豫丞相導長子也仕至中書侍郎

丞相見長豫輒喜見敬豫輒嗔文字志曰王恬字敬豫導次子也少卓犖不羈疾學尚武不爲導所重至中軍將軍多才藝善隸書與濟陽江彪以善奕聞

長豫與丞相語恒以慎密爲端丞相還臺及行未嘗不送至車後恒與曹夫人併當箱篋長豫亡後丞相還臺登車後哭至臺門曹夫人作簏封而不忍開王氏譜曰導娶彭城曹韶女名淑

桓常侍聞人道深公者輒曰此公既有宿名加

謂不欲人名其父交非也意必有長短之論

先達知稱又與先人至交不宜說之桓彝別傳曰彝字茂倫譙國龍亢人漢五更桓榮十世孫也父顥有高名彝少孤識鑒明朗避亂渡江累遷散騎常侍僧法深不知其俗姓蓋衣冠之胤也道徽高扇譽播山東爲中州劉公弟子值永嘉亂投迹揚土居止京邑內持法綱外允具瞻弘道之法師也以業慈清淨而不耐風塵考室剡縣東二百里岬山中同遊十餘人高棲浩然支道林宗其風範與高麗道人書稱其德行年七十有九終於山中也

庾公乘馬有的盧晉陽秋曰庾亮字元規潁川鄢陵人明穆皇后長兄也淵雅有德量時人方之夏侯太初陳長文之倫侍從父琛避地會稽端拱巍然郡人嚴憚之覲接

之者數人而已。累遷征西大將軍、荊州刺史。伯樂相馬經曰：馬白額入口至齒者，名曰楡鴈，一名的盧。奴乘客死，主乘棄市，凶馬也。或語令賣去，語林曰：殷浩勸公賣馬。庾云：「賣之必有買者，卽復害其生，寧可不安已而移於他人哉？昔孫叔敖殺兩頭蛇以爲後人，古之美談。賈誼新書曰：孫叔敖爲兒時，出道上，見兩頭蛇，殺而埋之，歸見其母，泣。問其故，對曰：夫見兩頭蛇者必死，今出見之，故爾。母曰：蛇今安在？對曰：恐後人見，殺而埋之矣。母曰：夫有陰德，必有陽報，爾無憂。後遂興於楚朝，及長，爲楚令尹。效之，不亦達乎？」

阮光祿在剡，曾有好車，借者無不皆給。有人葬

此不當入夙惠耶然在兒年故爲盛德

毋意欲借而不敢言阮後聞之嘆曰吾有車而使人不敢借何以車爲遂焚之阮光祿別傳曰裕字思曠陳留尉氏人祖畧齊國內史父顗汝南太守裕淹通有理識累遷侍中以疾築室會稽剡山徵金紫光祿大夫不就年六十一卒

謝奕作剡令中興書曰謝奕字無奕陳郡陽夏人祖衡太子少傅父裒吏部尚書奕少有器鑒辟太尉掾剡令遷豫州刺史有一老翁犯法謝以醇酒罰之乃至過醉而猶未已太傅時年七八歲箸青布袴在兄厀邊坐諫曰阿兄老翁可念何可

謂外雖不言而未嘗中無分別即陽秋之意

作此奕於是改容曰阿奴欲放去耶遂遣之

謝太傅絕重褚公常稱褚季野雖不言而四時之氣亦備

> 文字志曰謝安字安石奕弟也世有學行安弘粹通遠溫雅融暢桓彝見其四歲時稱之曰此兒風神秀徹當繼蹤王東海善行書累遷太保錄尚書事贈太傅晉陽秋曰褚裒字季野河南陽翟人祖䂮安東將軍父洽武昌太守裒少有簡貴之風沖默之稱累遷江兗二州刺史贈侍中太傅

劉尹在郡臨終綿惙聞閣下祠神鼓舞正色曰莫得淫祀

> 劉尹別傳曰惔字真長沛國蕭人也漢氏之後真長有雅裁雖蓽門陋巷

使人想見其度益嘆其真後人矜飾矯廉皆當媿死

晏如也。歷司徒左長史、侍中、丹陽尹。爲政務鎮靜信誠，風塵不能移也。

外請殺車中牛祭神，眞長答曰：「丘之禱久矣，勿復爲煩。」包氏論語曰：禱，請也。孔安國曰：孔子素行合於神明，故曰丘之禱久矣。

謝公夫人教兒，問太傅：「那得初不見君教兒？」答曰：「我常自教兒。」謝氏譜曰：安娶沛國劉耽女。按太尉劉子眞清潔有志操，行己以禮，而二子不才，並瀆貨致罪，子眞坐免官。客曰：「子奚不訓導之？」子眞曰：「吾之行事，是其耳目所聞見，而不放效，豈嚴訓所變邪？」安石之旨，同子眞之意也。

晉簡文爲撫軍時，續晉陽秋曰：帝諱昱，字道萬，中宗少子也。仁聞有智度，穆

此復何足與于德行正應彈鼠不應彈人

解誤可咲

帝幼沖以撫軍輔政大司馬桓溫廢海西公而立帝在位二年而崩所坐牀上塵不聽拂見鼠行跡視以爲佳有參軍見鼠白日行以手板批殺之撫軍意色不說門下起彈教曰鼠被害尚不能忘懷今復以鼠損人無乃不可乎

范宣年八歲後園挑菜誤傷指大啼人問痛邪答曰非爲痛身體髮膚不敢毀傷是以啼耳宣別傳曰宣字子宣陳留人漢萊蕪長范丹後也年十歲能誦詩書兒童時手傷改容家人以其年

三八十二

此得入德行者見子敬生平無隱慝耳離婚以奉詔

情真語快

妙皆與之徵太學博士散騎常侍一無所就年五十四卒宣潔行廉約韓豫章遺絹百匹不受中興書曰宣家至貧罕交人事豫章太守殷羨見宣茅茨不完欲爲改宅宣固辭羨愛之以宣貧加年饑疾疫厚餉給之宣又不受續晉陽秋曰韓伯字康伯潁川人好學善言理歷豫章太守領軍將軍減五十匹復不受如是減半遂至一匹既終不受韓後與范同載就車中裂二丈與范云人寧可使婦無褌邪范笑而受之

王子敬病篤道家上章應首過問子敬由來有

尚王子敬嘗有書遺故婦辭甚楚宋弘律之不得爲無過

人生至此足稱寘過更以尚主爲嬪耳

五盌即不爲少

何異同得失子敬云不覺有餘事唯憶與郗家離婚王氏譜曰獻之娶高平郗曇女名道茂後離婚獻之別傳曰祖父曠淮南太守父羲之右將軍咸寧中部尚餘姚公主遷中書令卒

殷仲堪既爲荊州值水儉食常五盌盤外無餘肴飯粒脫落盤席間輒拾以噉之雖欲率物亦緣其性眞素每語子弟云勿以我受任方州云我豁平昔時意今吾處之不易貧者士之常焉得登枝而捐其本爾曹其存之晉安帝紀曰仲堪陳郡人太常

融孫也車騎將軍謝玄請爲長史孝武說之俄爲黄門侍郎自殺袁悦之後上深爲晏駕後計故先出王恭爲北蕃荆州刺史王忱死乃中詔用仲堪代焉

初桓南郡楊廣共說殷荆州宜奪殷覬南蠻以自樹桓靈寶別傳曰玄字敬道譙國龍亢人大司馬溫少子也幼童中溫甚器愛之命以爲嗣年七歲襲封南郡公拜太子洗馬義興太守不得志少時去職歸其國與荆州刺史殷仲堪素舊情好甚隆周祗隆安記曰廣字德度弘農人楊震後也晉安帝紀曰覬字伯道陳郡人由中書郎出爲南蠻校尉覬亦以率易才悟著稱與從弟仲堪俱知名中興書曰初仲堪欲起兵密邀覬覬不同楊廣與弟佺期勸殺覬仲堪不許**覬亦即曉其旨嘗因**

如此去官亦大善

俗人薄語正是不得不爾

謂未測其父存亡而先爲喪容故曰試守

行散率爾去下舍便不復還内外無預知者意色蕭然遠同鬭生之無慍時論以此多之春秋傳曰楚令尹子文鬭氏也論語曰令尹子文三仕爲令尹無喜色三巳之無慍色

王僕射在江州爲殷桓所逐奔竄豫章存亡未測徐廣晉紀曰王愉字茂和太原晉陽人安北將軍坦之次子也以輔國司馬出爲江州刺史愉始至鎮而桓玄楊佺期舉兵以應王恭乘流奄至愉無防惶遽奔臨川爲玄所得玄篡位遷尚書左僕射王綏在都既憂慽在貌居處飲食每事有降時人謂爲試守孝子中興書曰綏字彦猷愉子也少有令譽自

王渾至坦之六世盛德繼又知名于時冠冕莫與爲比位至中書令荊州刺史桓玄敗後與父愉謀反伏誅

桓南郡玄也既破殷荊州收殷將佐十許人咨議羅企生亦在焉玄別傳曰玄克荊州殺殷道護及仲堪參軍羅企生鮑季禮皆仲堪所親仗也桓素待企生厚將有所戮先遣人語云若謝我當釋罪企生答曰爲殷荊州吏今荊州奔亡存亡未判我何顏謝桓公中興書曰企生字宗伯豫章人殷仲堪初請爲府功曹桓玄來攻轉咨議參軍仲堪多疑少決企生深憂之謂其弟遵生曰殷

矣仁而無斷爭必無成成敗天也吾嘗死生以之及仲堪走文武並無送者唯企生從焉路經家門遵生紿之曰作如此分别何可不執手企生回馬授手遵生便牽下之謂曰家有老母將欲何行企生揮淚曰今日之事我必死之汝等奉養不失子道一門之內有忠與孝亦復何恨遵生抱之愈急仲堪於路待之企生遥呼曰今日死生是同願少見待仲堪見其無脱理策馬而去俄而玄至人士悉詣玄企生獨不往而營理仲堪家或謂曰玄性猜忌未能取卿誠節若遂不詣禍必至矣企生正色曰我殷侯吏見遇以國士不能共殄醜逆致此奔敗何面目就桓求生乎玄聞怒而收之謂曰相遇如此何以見負企生曰使君口血未乾而生此姦計自傷力劣不能剪定凶逆我死恨晚爾玄遂斬之時年三十有七衆咸悼之

既出市桓又

恨哉此母亦以是傳

遣人問欲何言答曰昔晉文王殺嵇康而嵇紹爲晉忠臣王隱晉書曰紹字延祖譙國銍人父康有奇才儁辯紹十歲而孤事母孝謹累遷散騎常侍惠帝敗於蕩陰百官左右皆奔散唯紹儼然端冕以身衛帝兵交御輦飛箭雨集遂以見害也從公乞一弟以養老母桓亦如言宥之桓先會以一羔裘與企生母胡胡時在豫章企生問至即日焚裘

王恭從會稽還周祗隆安記曰恭字孝伯太原晉陽人祖父濛司徒左長史風流標望父蘊鎮軍將軍亦得世譽恭別傳曰恭清廉貴峻志存格正起家著作郎歷丹陽尹中

無索無要有襟有度

書令出爲五州都督前將軍青兗二州刺史王大看之王忱小字佛大晉安帝紀曰忱字元達平北將軍坦之第四子也甚得名於當世與族子恭少相善齊聲見稱仕至荊州刺史見其坐六尺簟因語恭卿東來故應有此物可以一領及我恭無言大去後即舉所坐者送之既無餘席便坐薦上後大聞之甚驚曰吾本謂卿多故求耳對曰丈人不悉恭恭作人無長物

〇吳郡陳遺未詳家至孝母好食鐺底焦飯遺作郡

如此細事寫得宛至更有不厭

主簿恒裝一囊每煮食輒貯録焦飯歸以遺母後值孫恩賊出吳郡晉安帝紀曰孫恩一名靈秀琅邪人叔父泰事五斗米道以謀反誅恩逸逃於海上聚衆十萬人攻沒郡縣後爲臨海太守辛昺斬首送之袁府君山松別見即日便征遺已聚斂得數斗焦飯未展歸家遂帶以從軍戰於滬瀆敗軍人潰散逃走山澤皆多饑死遺獨以焦飯得活時人以爲純孝之報也

孔僕射爲孝武侍中豫蒙眷接烈宗山陵孔時

本爲二吳孝行而韓母在焉善觀人者也

爲太常形素羸瘦著重服竟日涕泗流漣見者以爲眞孝子續晉陽秋曰孔安國字安國會稽山陰人車騎愉第六子也少而孤貧能善樹節以儒素見稱歷侍中太常尚書遷左僕射特進卒

吳道助附子兄弟居在丹陽郡後遭母童夫人艱道助坦之小字附子隱之小字也吳氏譜曰坦之字處靖濮陽人仕至西中郎將功曹父堅取東苑童儈女名秦姬朝夕哭臨及思至賓客弔省號踊哀絕路人爲之落淚韓康伯時爲丹陽尹母殷在郡每聞二吳之哭輒爲悽惻語康伯曰汝若

隱之孝廉乃爲桓玄吏人無完行

爲選官當好料理此人康伯亦甚相知韓後果爲吏部尚書大吳不免哀制小吳遂大貴達鄭緝孝子傳曰隱之字處默少有孝行遭母喪哀毀過禮時與太常韓康伯鄰居康伯母揚州刺史殷浩之姊聰明婦人也隱之每哭康伯母輒輟事流涕悲不自勝終其喪如此謂康伯曰汝後若居銓衡當用此輩人後康伯爲吏部尚書乃進用之晉安帝紀曰隱之既有至性加以廉潔奉祿頒九族冬月無被桓玄欲革嶺南之敝以爲廣州刺史去州二十里有貪泉世傳飲之者其心無厭隱之乃至水上酌而飲之因賦詩曰石門有貪泉一歃重千金試使夷齊飲終當不易心爲盧循所攻還京師歷尚書領軍將軍晉中興書曰舊云往廣州飲貪泉失廉潔之性吳

奉高如此不足道

隱之爲刺史自酌貪泉飲之題石門爲詩云云

言語上

邊文禮見袁奉高閎也失次序文士傳曰邊讓字文禮陳留人才儁辯逸大將軍何進聞其名召署令史以禮見之讓占對閑雅聲氣如流坐客皆慕之讓出就曹時孔融王朗等並前爲掾共書刺從讓讓平衡與交接後爲九江太守爲魏武帝所殺奉高曰昔堯聘許由面無怍色皇甫謐曰由字武仲陽城槐里人也堯舜皆師而學事焉後隱於沛澤之中堯乃致天下而讓焉由爲人據義履方邪席不坐邪饍不食聞堯讓而去其友巢父聞由爲堯所讓以爲汙己乃臨池洗耳池主怒曰何以汚我水由

文語一證

此語極未易正是玄勝

於是遁耕於中嶽潁水之陽箕山之下終身無經天下色死葬箕山之顛在陽城之南十里堯因就其墓號曰箕山公神以配食五嶽世世奉祀至今不絕也先生何爲顛倒衣裳文禮答曰明府初臨堯德未彰是以賤民顛倒衣裳耳按袁閎卒於太尉掾未嘗爲汝南斯説謬矣

徐孺子稺也年九歲嘗月下戲人語之曰若令月中無物當極明邪五經通議曰月中有兎蟾蜍者月陰也蟾蜍亦陰也而與兎並明何陰繫於陽也徐曰不然譬如人眼中有瞳子無此必不明

孔文舉（融也）年十歲隨父到洛時李元禮有盛名爲司隸校尉詣門者皆儁才清稱及中表親戚乃通文舉至門謂吏曰我是李府君親既通前坐元禮問曰君與僕有何親對曰昔先君仲尼與君先人伯陽有師資之尊是僕與君奕世爲通好也元禮及賓客莫不奇之太中大夫陳韙後至人以其語語之韙曰小時了了大未必佳文舉曰想君小時必當了了韙大踧踖（續漢書曰孔融

詎不如

此兩段可稱夙慧未足當言語

字文舉魯國人孔子二十四世孫也高祖父尚鉅鹿太守父宙泰山都尉融別傳曰融四歲與兄食梨輒引小者人問其故答曰小兒法當取小者年十歲隨父詣京師河南尹李膺有重名融欲觀其爲人遂造之膺問高明父祖嘗與僕周旋乎融曰然先君孔子與君先人李老君同德比義而相師友則融與君累世通家也衆坐莫不歎息僉曰異童子也太中大夫陳韙後至同坐以告韙曰人小時了了者長大未必能奇融應聲曰即如所言君之幼時豈實慧乎膺大笑顧謂融曰長大必爲偉器

孔文舉有二子大者六歲小者五歲晝日父眠小者牀頭盜酒飲之大兒謂曰何以不拜答曰

語有可傷

偷那得行禮

孔融被收中外惶怖時融兒大者九歲小者八歲二兒故琢釘戲了無遽容融謂使者曰冀罪止於身二兒可得全不兒徐進曰大人豈見覆巢之下復有完卵乎尋亦收至魏氏春秋曰融對孫權使有訕謗之言坐棄市二子方八歲九歲融見收弈棋端坐不起左右曰而父見執二子曰安有巢覆而卵不破者哉遂俱見殺世語曰魏太祖以歲儉禁酒融謂酒以成禮不宜禁由是惑衆太祖收寘法焉二子齠齓見收顧謂二子曰何以不辟二子曰父尚如此復何所辟裴松之以爲世

此論甚正可據

語云融兒不辭知必俱死猶差可安孫盛之言誠所未譬八歲小兒能懸了禍患聰明特達卓然旣遠則其憂樂之情固亦有過成人矣安有見父被執而無變容奕棋不起若在暇豫者乎昔申生就命言不忘父不以已之將死而廢念父之情也父安尚猶若茲而況顛沛哉盛以此爲美談無乃賊夫人之子與葢由好奇情多而不知言之傷禮也

頴川太守髡陳仲弓按寔之在鄉里州郡有疑獄不能決者皆將詣寔或到而情首或中途改辭或託狂悸皆曰寧爲刑戮所苦不爲陳君所非豈有盛德感人若斯之甚而不自衛反招刑辟殆不然乎此所謂東野之言耳

客有問元方府君何如元方曰高明之君也足下家君何如曰忠

臣孝子也。客曰：易稱二人同心，其利斷金；同心之言，其臭如蘭。王廙注繫辭曰：金至堅矣，同心者其利無不入。蘭芳物也，無不樂者，言其同心者物無不樂也。何有高明之君而刑忠臣孝子者乎？元方曰：足下言何其謬也！故不相答。客曰：足下但因傴為恭而不能答。元方曰：昔高宗放孝子孝己，帝王世紀曰：殷高宗武丁有賢子孝己，其母蚤死，高宗惑後妻之言，放之而死，天下哀之。尹吉甫放孝子伯奇，琴操曰：尹吉甫，周卿也。有子伯奇，母死，吉甫更娶後妻，生子曰伯邦，乃譖伯奇於吉甫，於是放伯奇於野。宣王出遊，吉甫從，伯奇乃作歌

以言感之宣王聞之曰此孝子之辭
也吉甫乃求伯奇於野而射殺後妻董仲舒放
孝子符起未詳唯此三君高明之君唯此三子忠
臣孝子于客慚而退

荀慈明與汝南袁閬相見荀爽一名諝漢南紀曰諝文章典籍無不浹時人諺曰荀氏八龍慈明無雙潛處篤志徵聘無所就張璠漢紀曰董卓秉政復徵爽爽欲遁去吏持之急起布衣九十五日而至三公問潁川人士慈明先及
諸兄閬笑曰士但可因親舊而已乎慈明曰足
下相難依據者何經閬曰方問國士而及諸兄

摻所斬切

是以尤之耳慈明曰昔者祁奚內舉不失其子外舉不失其讎以爲至公春秋傳曰祁奚爲中軍尉請老晉侯問嗣焉稱解狐其讎也將立之而卒又問焉對曰午也可其子也君子謂祁奚可謂能舉善矣稱其讎不爲諂立其子不爲比公曰文王之詩不論堯舜之德而頌文武者親親之義也春秋之義內其國而外諸夏且不愛其親而愛他人者不爲悖德乎

禰衡被魏武謫爲鼓吏正月半試鼓衡揚枹爲漁陽摻撾淵淵有金石聲四坐爲之改容典略曰衡

只此世說自可增入脫衣無害但覺度者在前極是辛苦彼鼓吏易衣豈必在前耶

字正平平原般人也文士傳曰衡不知先所出逸才飄舉少與孔融作爾汝之交時衡未滿二十融已五十敬衡才秀共結殷勤不能相違以建安初北遊或勸其詣京師貴游者衡懷一刺遂至漫滅竟無所詣融數與武帝牋稱其才帝傾心欲見衡稱疾不肯往而數有言論帝甚忿之以其才名不殺圖欲辱之乃令錄爲鼓吏後至八月朝會大閱試鼓節作三重閣列坐賓客以帛絹製衣作一岑牟一單絞及小幝鼓吏度者皆當脫其故衣著此新衣次傳衡衡擊鼓爲漁陽摻撾蹋地來前躡馺脚足容態不常鼓聲甚悲音節殊妙坐客莫不慷慨知必衡也既度不肯易衣吏呵之曰鼓吏何獨不易服衡便止當武帝前先脫幝次脫餘衣裸身而立徐徐乃著岑牟次著單絞後乃著幝畢復擊鼓摻槌而去顏色無作武帝笑謂四坐曰本欲辱衡衡反

孔語爲平爲操掩羞固當有此

辱孤至今有漁陽摻撾孔融曰禰衡罪同胥靡自衡造也爲黃祖所殺不能發明王之夢皇甫謐帝王世紀曰武丁夢天賜巳賢人使百工寫其像求諸天下見築者胥靡衣褐於傅巖之野是謂傅說張晏曰胥靡刑名胥相也靡從也謂相從坐輕刑也魏武慚而赦之

南郡龐士元聞司馬德操在潁川故二千里候之至遇德操采桑士元從車中謂曰吾聞丈夫處世當帶金佩紫焉有屈洪流之量而執絲婦之事蜀志曰龐統字士元襄陽人少時樸鈍未有識者潁川司馬徽有知人之鑒士元弱

冠往見徽徽采桑樹上坐士元樹下共語自晝至夜徽異之曰生當爲南州士人之冠冕由是漸顯襄陽記曰士元德公之從子也年少未有識者唯德公重之年十八使往見德操與語歎曰德公誠知人實盛德也後劉備訪世事於德操德操曰俗士豈識時務此間自有伏龍鳳雛謂諸葛孔明與士元也華陽國志曰劉備引士元爲軍師中郎將從攻洛爲流矢所中卒時年三十八

德操曰司馬徽別傳曰徽字德操潁川陽翟人有人倫鑒識居荊州知劉表性暗必害善人乃括囊不談議時人有以人物問徽者初不辨其高下每輒言佳其婦諫曰人質所疑君宜辨論而一皆言佳豈人所以咨君之意乎徽曰如君所言亦復佳其婉約遜遁如此嘗有妄認徽豬者便推與之後得其豬叩頭來還徽又厚辭謝之劉表子琮往候徽遣問在

不會徽自鋤園琮左右問司馬君在邪徽曰我是也琮左右見其醜陋罵曰死庸將軍諸郎欲求見司馬君汝何等田奴而自稱是邪徽歸刈頭箸幘出見琮左右見徽故是向老翁恐向琮道之琮起叩頭辭謝徽乃謂曰卿眞不可然吾甚羞之此自鋤園唯卿知之耳有人臨蠶求簇箔者徽自棄其蠶而與之或曰凡人損巳以贍人者謂彼急我緩也今彼此正等何爲與人徽曰人未嘗求已求之不與將慚何有以財物令人慚者人謂劉表曰司馬德操奇士也但未遇耳表後見之曰世間人爲妄語此直小書生耳其智而能愚皆此類荆州破爲曹操所得操欲大用會其病死

子且下車子適知邪徑之速不慮失道之迷昔伯成耦耕不慕諸侯之榮莊子曰堯治天下伯成子

高立爲諸侯禹爲天子伯成辭諸侯而耕於野禹往見之趨就下風而問焉子高曰昔堯治天下不賞而民勸不罰而民畏今子賞罰而民且不仁德自此衰刑自此立夫子盍行邪毋落吾事

原憲桑樞不易有官之宅家語曰原憲字子思宋人孔子弟子居魯環堵之室茨以生艸蓬戶不完桑樞而甕牖上漏下濕坐而弦歌子貢軒車不容巷往見之曰先生何病也憲曰憲聞無財謂之貧學而不能行謂之病今憲貧也非病也夫希世而行比周而友學以爲人教以爲己仁義之慝輿馬之飾憲不忍爲也何有坐則華屋行則肥馬侍女數十然後爲奇此乃許父許由巢父所以忼慨夷齊所以長歎孟子曰伯夷叔齊目不視惡色耳不

聽惡聲與鄉人居若在塗炭蓋聖人之清也雖有竊秦之爵千駟之富古史考曰呂不韋爲秦子楚行千金貨於華陽夫人請立子楚爲嗣及子楚立封不韋洛陽十萬戶號文信侯以詐獲爵故曰竊也論語曰齊景公有馬千駟民無德而稱焉孔安國曰千駟四千匹不足貴也士元曰僕生出邊垂寡見大義若不一叩洪鍾伐雷鼓則不識其音響也

劉公幹以失敬罹罪典略曰劉楨字公幹東平寧陽人建安十六年世子爲五官中郎將妙選文學使楨隨侍太子酒酣坐歡乃使夫人甄氏出拜坐上客多伏而楨獨平視他日公聞乃收楨減死輸作部文士傳曰楨性辯捷所問應聲而答坐平視甄夫人配輸

註是

作部使磨石武帝至尚方觀作者見楨匡坐正色磨石武帝問曰石何如楨因得喻己自理跪而對曰石出荆山懸巖之巔外有五色之章内含卞氏之珍磨之不加瑩雕之不增文稟氣堅貞受之自然顧其理枉屈紆繞而不得申帝顧左右大笑即日赦之

文帝問曰卿何以不謹於文憲楨答曰臣誠庸短亦由陛下綱目不疎魏志曰帝諱丕字子桓受漢禪按諸書或云楨被刑魏武之世建安二十年病亡後七年文帝乃即位而謂楨得罪黃初之時謬矣

鍾毓鍾會少有令譽魏書曰毓字稚叔潁川長社人相國繇長子也年十四爲散騎侍郎機捷談笑有父風仕至車騎將軍年十三魏文帝聞之

語其父鍾繇魏志曰繇字元常家貧好學爲周易老子訓歷大理相國遷太傅曰可令二子來於是敕見毓面有汗帝曰卿面何以汗毓對曰戰戰惶惶汗出如漿復問會卿何以不汗對曰戰戰慄慄汗不敢出

鍾毓兄弟小時值父晝寢因共偷服藥酒其父時覺且託寐以觀之毓拜而後飲會飲而不拜

魏志曰會字士季繇少子也敏惠夙成中護軍蔣濟著論謂觀其眸子足以知人會年五歲繇遣見濟濟甚異之曰非常人也及壯有才數精練名理累遷黃門侍郎諸葛誕反文王征之會

謀居多時人謂之子房拜鎮西將軍伐蜀蜀平進位司徒自謂功名蓋世不可復爲人下謂所親曰我淮南以來畫無遺策四海共知持此欲安歸乎遂謀反見誅時年四十既而問

毓何以拜毓曰酒以成禮不敢不拜又問會何以不拜會曰偷本非禮所以不拜

魏明帝爲外祖母築館於甄氏魏末傳曰帝諱叡字元仲文帝太子以其母廢未立爲嗣文帝與俱獵見子母鹿文帝射其母應弦而倒復令帝射其子帝置弓泣曰陛下已殺其母臣不忍復殺其子文帝曰好語動人心遂定爲嗣是爲明帝魏書曰文昭甄皇后明帝母也父逸上蔡令烈宗即位追封上蔡君嫡孫象襲爵象薨子暢嗣起大第車

六朝貴族每病輒云散動

駕親自臨之既成自行視謂左右曰館當以何爲名侍中繆襲曰文章叙錄曰襲字熈伯東海蘭陵人有才學累遷侍中光祿勳陛下聖思齊於哲王罔極過於曾閔此館之興情鍾舅氏宜以渭陽爲名秦詩曰渭陽康公念母也康公之母晉獻公之女文公遭驪姬之難未反而秦姬卒穆公納文公康公時爲太子贈送文公於渭之陽念母之不見也我見舅氏如母存焉按魏書帝於後園爲象母起觀名其里曰渭陽然則象母即帝之舅母非外祖母也且渭陽爲館名亦乖舊史也

何平叔云服五石散非唯治病亦覺神明開朗

以爲佳往往死而不悟蓋金石之毒也平叔實始作俑

不足辱言語之科

魏略曰何晏字平叔南陽宛人漢大將軍進孫也或云何苗孫也尚主又好色故黄初時無所事任正始中曹爽用爲中書主選舉宿舊者多得濟拔爲司馬宣王所誅秦丞相寒食散論曰寒食散之方雖出漢代而用之者寡靡有傳焉魏尚書何晏首獲神效由是大行於世服者相尋也

嵇中散語趙景真嵇紹趙至敘曰至字景真代郡人漢末其祖流宕客緱氏令新之官至年十二與母共道傍看母曰汝先世非微賤家也汝後能如此不至曰可爾耳歸便求師誦書蚤聞父耕叱牛聲釋書而泣師問之答曰自傷不能致榮華而使老父不免勤苦年十四入大學觀時先君在學寫石經古文事訖去遂隨車問先君姓名先君曰年少何以問

世人但知蔡中郎石經不知有嵇中散此註具一大故事

爲貪慕叔夜至此情痛可矜嵇紹叙它感歎未歷皆別此孺子忽忽過一生惜哉

我至曰觀君風器非常故問耳先君具告之至年十五陽病數數狂走五里三里爲家追得又灸身體十數處年十六遂亡命徑至洛陽求索先君不得至鄴沛國史仲和是魏領軍史渙孫也至便依之遂名翼字陽和先君到鄴至具道大學中事便逐先君歸山陽經年至長七尺三寸潔白黑髮赤脣明目鬢鬚不多閑詳安諦體若不勝衣先君嘗謂之曰卿頭小而銳瞳子白黑分明視瞻停諦有白起風至論議清辯有從横才然亦不以自長也孟元基辟爲遼東從事在郡斷九獄見稱清當自痛棄親遠游母亡不見吐血發病服未竟而亡

卿瞳子白黑分明有白起之風

嚴尤三將敘曰白起平原君勸趙孝成王受馮亭王曰受之秦兵必至武安君必將誰能當之者乎對曰澠池之會臣察武安君頭小而面銳瞳子

本語量狹文采支離可恨爾

白黑分明視瞻不轉小頭而面銳者敢斷决也瞳子白黑分明者見事明也視瞻不轉者執志強也可與持久難與爭鋒廉頰爲人勇鷙而愛士知難而忍恥與之野戰則不如持守足以當之王從其計

恨量小狹趙云尺表能審璣衡之度周髀曰夏至北方二萬六千里冬至南方十三萬五千里日中樹表則無影矣周髀長八尺夏至日晷尺六寸髀股也晷勾也正南千里勾一尺五寸正北千里勾尺七寸周髀之書也**寸管能測往復之氣**呂氏春秋曰黃帝使伶倫自大夏之西崑崙之陰取竹之嶰谷生其竅厚薄均者斷兩節間而吹之以爲黃鍾之管制十二筩以聽鳳凰之鳴雄鳴六雌鳴六以爲律呂續漢書律曆志曰十二律之變至於六十以律候氣候氣之法爲室三重戶閉塗釁

必周密布緹幔以木爲案加律其上以葭莩灰抑其內爲氣所動者其灰散也以此候之何

必在大但問識如何耳

司馬景王東征魏書曰司馬師字子元相國宣文侯長子也以道德清粹重於朝廷爲大將軍錄尚書事毋丘儉反師自征之薨謚景王**取上黨李喜以爲從事中郎因問喜曰昔先公辟君不就今孤召君何以來喜對曰先公以禮見待故得以禮進退明公以法見繩喜畏法而至耳**晉諸公贊曰喜字季和上黨銅鞮人也少有高行研精藝學宣帝爲相國辟喜喜固辭疾景帝輔政爲從事中郎累遷光

倉卒對乃妙絕

恆對

祿大夫特進贈太保

鄧艾口喫語稱艾艾魏志曰艾字士載棘陽人少為農人養犢年十二隨母至穎川讀故太丘長碑文曰言為世範行為士則遂名範字士則後宗族有同者故改焉每見高山大澤輒規度指畫軍營處所時人多笑焉後見司馬宣王三辟為掾累遷征西將軍伐蜀蜀平進位太尉為衛瓘所害晉文王戲之曰卿云艾艾定是幾艾對曰鳳兮鳳兮故是一鳳朱鳳晉紀曰文王諱昭字子上宣帝次子也列仙傳曰陸通者楚狂接輿也好養性游諸名山嘗遇孔子而歌曰鳳兮鳳兮何德之衰往者不可諫來者猶可追後入蜀在峨眉山中

向之此語如負叔夜

嵇中散既被誅向子期舉郡計入洛文王引進問曰聞君有箕山之志何以在此對曰巢許狷介之士不足多慕王大咨嗟向秀別傳曰秀字子期河內人少爲同郡山濤所知又與譙國嵇康東平呂安友善並有拔俗之韻其進止無不同而造事營生業亦不異常與嵇康偶鍛於洛邑與呂安灌園於山陽不慮家之有無外物不足怫其心弱冠著儒道論棄而不錄好事者存之或云是其族人所作困於不行乃告秀欲假其名秀笑曰可復爾耳後康被誅秀遂失圖乃應歲舉到京師詣大將軍司馬文王文王問曰聞君有箕山之志何能自屈秀曰常謂彼人不達堯意本非所慕也一坐皆說隨次轉至黃門侍郎散騎常侍

才故自應至此

世說新語

言語下

晉武帝始登阼探策得一（晉世譜曰世祖諱炎字安宇受魏禪）王者世數繫此多少帝既不説羣臣失色莫能有言者侍中裴楷進曰臣聞天得一以清地得一以寧侯王得一以爲天下貞帝説羣臣歎服

滿奮畏風在晉武帝坐北窻作琉璃屏實密似疎奮有難色帝笑之（荀綽冀州記曰奮字武秋高平人魏太尉寵之孫也）

謂其作勞過多畏見月疑日若見月而喘直常語耳

與前得一皆過李色

性清平有識自吏部郎出爲冀州刺史晉諸公贊曰奮體量清雅有曾祖寵之風遷尚書令爲荀顗所害奮答曰臣猶吳牛見月而喘今之水牛唯生江淮間故謂之吳牛也南土多暑而此牛畏熱見月疑是日所以見月則喘

諸葛靚在吳於朝堂大會按靚字仲思瑯邪人誕少子誕叛遣靚入質於吳以靚爲右將軍大司馬孫皓問卿字仲思爲何所思對曰在家思孝事君思忠朋友思信如斯而已

蔡洪洪集錄曰洪字叔開吳郡人有才辯初仕吳朝太康中本州從事舉秀才王隱晉書曰洪仕至松滋令赴洛洛中人問曰幕府初開羣公辟

命求英奇於仄陋，采賢儁於巖穴。君吳楚之士，亡國之餘，有何異才而應斯舉？」蔡答曰：「夜光之珠，不必出於孟津之河；舊說云：隋侯出行，有蛇斬而中斷者，侯連而續之，蛇遂得生而去。後銜明月珠以報其德，光明照夜同晝，因曰隋珠。左思蜀都賦所謂「隋侯鄙其夜光」也。盈握之璧，不必采於崑崙之山。韓氏曰：和氏之璧，蓋出於井里之中。大禹生於東夷，文王生於西羌，按孟子曰：舜生於諸馮，東夷人也；文王生於岐周，西戎人也。則東夷是舜，非禹也。聖賢所出，何必常處。昔武王伐紂，遷頑民於洛邑，尚書曰：成周既成，遷

世說卷二　言語　二

殷頑民作多士孔安國注曰殷大夫心不則德義之經故徙於王都邇教誨也得無諸君是其苗裔乎按華令思舉秀才入洛與王武子相酬對皆與此言不異無容二人同有此辭疑世說穿鑿也

諸名士共至洛水戲竹林七賢論曰王濟諸人嘗至洛水解禊事明日或問濟曰昨遊有何語議濟云云還樂令廣也問王夷甫曰今日戲樂乎虞預晉書曰王衍字夷甫琅邪臨沂人司徒戎從弟父乂平北將軍夷甫蚤知名以清虛通理稱仕至太尉為石勒所害王曰裴僕射善談名理混混有雅致晉惠帝起居注曰裴頠字逸民河東聞喜人司空秀之少子也冀州記曰頠弘

古本原作箸字殆不可曉後皆倣此

玄箸猶沈箸

濟有清識稽古善言名理履行高整自少知名歷侍中尚書左僕射爲趙王倫所害張茂先論史漢靡靡可聽晉陽秋曰華博覽洽聞無不貫綜世祖嘗問漢事及建章千門萬戶華畫地成圖應對如流張安世不能過也我與王安豐戎也說延陵子房亦超超玄箸晉諸公贊曰夷甫好尚談稱爲時人所宗

王武子晉諸公贊曰王濟字武子太原晉陽人司徒渾第二子也有儁才能清言起家中書郎終太僕孫子荊文士傳曰孫楚字子荊太原中都人也晉陽秋曰楚驃騎將軍資之孫南陽太守宏之子鄉人王濟豪俊公子爲本州大中正訪問宏爲鄉里品狀濟曰此人非鄉評所能名吾自狀之曰天才英特亮拔不羣仕至馮翊太守各言其土地

註是也吳蜀當此語是本色按王孫同爲太原人不當土風之異如此

人物之美王云其地坦而平其水淡而清其人廉且貞孫云其山嶵巍以嵯峨其水泙渫而揚波其人磊砢而英多按三秦記語林載蜀人伊籍稱吳士地人物與此語同

樂令女適大將軍成都王穎虞預晉書曰樂廣字彥輔南陽人清夷沖曠加有理識累遷侍中河南尹在朝廷用心虛淡時人重其貞貴代王戎爲尚書令八王故事曰司馬穎字叔度世祖第十九子封成都王大將軍王兄長沙王執權於洛晉百官名曰司馬乂字士度封長沙王八王故事曰世祖第十七子遂構兵

一語坦然敬服之

最得占對之妙言外謂下盟鼓後尚未必此等語溪紛可以意得難以後賞耳

相圖長沙王親近小人遠外君子凡在朝者人懷危懼樂令既允朝望加有婚親羣小讒於長沙嘗問樂令樂令神色自若徐答曰豈以五男易一女晉陽秋曰成都王之起兵長沙王猜廣廣曰寧以一女而易五男乂猶疑之遂以憂卒由是釋然無復疑慮

陸機詣王武子晉陽秋曰機字士衡吳郡人祖遜吳丞相父抗大司馬機與弟雲並有儁才司空張華見而說之曰平吳之利在獲二儁機別傳曰博學善屬文非禮不動入晉仕著作郎至平原內史武子前置數斛羊酪指以示陸曰

千里湖名今志猶可考

轉語佳甚

此問者自賣破綻

卿江東何以敵此陸云有千里蓴羹但未下鹽豉耳

中朝有小兒父病行乞藥主人問病曰患瘧也主人曰尊侯明德君子何以病瘧俗傳行瘧鬼小多不病巨人故光武嘗謂景丹曰嘗聞壯士不病瘧大將軍反病瘧耳答曰來病君子所以爲瘧耳

崔正熊詣都郡都郡將姓陳問正熊君去崔杼幾世答曰民去崔杼如明府之去陳恒晉百官名曰崔

豹字正熊燕國人惠帝時官至太傅丞

元帝始過江朱鳳晉書曰帝諱叡字景文祖伷封琅邪王父恭王瑾嗣帝襲爵爲琅邪王少而明惠因亂過江起義遂即皇帝位謚法曰始建國都曰元謂顧驃騎曰寄人國土心常懷慚榮跪對曰臣聞王者以天下爲家是以耿亳無定處帝王世紀曰殷祖乙徙耿爲河所毀今河東皮氏耿鄉是也盤庚五遷復南居亳今景亳是也九鼎遷洛邑春秋傳曰武王克商遷九鼎於洛邑今之偃師是也願陛下勿以遷都爲念

庾公造周伯仁虞預晉書曰周顗字伯仁汝南安城人揚州刺史浚長子也晉

極鄙而隱

俯仰情至

陽秋曰顗有風流才氣少知名正體嶷然儕輩不敢媟也汝南賁泰淵通清操之士嘗歎曰汝頴固多賢士自頃陵遲雅道殆衰今復見周伯仁伯仁將祛舊風清我邦族矣擧寒素累遷尚書僕射爲王敦所害伯仁曰君何所欣說而忽肥庾曰君復何所憂慘而忽瘦伯仁曰吾無所憂直是清虛日來滓穢日去耳

過江諸人每至美日輒相邀新亭藉卉飲宴丹陽記曰新亭吳舊立先基崩淪隆安中丹陽尹司馬恢之徙創今地周侯顗也中坐而歎曰風景不殊正自有山河之異皆相視流

至今讀之欲絶況在當時德音面聆者耶

淚唯王丞相導也愀然變色曰當共戮力王室克復神州何至作楚囚相對春秋傳曰楚伐鄭諸侯救之鄭執鄭公鍾儀獻晉景公觀軍府見而問之曰南冠而縶者爲誰有司對曰楚囚也使稅之問其族對曰伶人也能爲樂乎曰先父之職敢有二事與之琴操南音范文子曰楚囚君子也樂操土風不忘舊也君盡歸之以合晉楚之成

衛洗馬初欲渡江形神慘顇語左右云見此芒芒不覺百端交集苟未免有情亦復誰能遣此晉諸公贊曰衛玠字叔寶河東安邑人祖父瓘太尉父恒黃門侍郎玠別傳曰玠穎識通達天

似癡似懶似多似步轉使柔情易斷非丈夫語然非我輩未易能言

韶標令陳郡謝幼輿敬以亞父之禮論者以爲出王眉子平子武子之右世咸謂諸王三子不如衛家一兒娶樂廣女裴叔道曰妻父有冰清之姿壻有璧潤之望所謂秦晉之匹也爲太子洗馬永嘉四年南至江夏與兄别於梁里澗語曰在三之義人之所重今日忠臣致身之道可不勉乎行至豫章乃卒

顧司空未知名詣王丞相丞相小極對之疲睡顧思所以叩會之顧和别傳曰和字君孝吳郡人祖容吳荊州刺史父相晉臨海太守和總角知名族人顧榮雅相器愛因曰此吾家之騏驥也必振衰族累遷尚書令因謂同坐曰昔每聞元公顧榮道公協贊中宗保全

偶言導病以發其對

世說長處在寫一時小小節次如見可想

江表鄧粲晉紀曰導與元帝有布衣之好知中國將亂勸帝渡江求爲安東司馬政皆決之號仲父晉中興之功導實居其首體小不安令人喘息丞相因覺謂顧曰此子珪璋特達機警有鋒

會稽賀生體識清遠言行以禮賀循別見不徒東南之美爾雅曰東南之美者有會稽之竹箭焉實爲海內之秀

劉琨雖隔閡寇戎志存本朝王隱晉書曰琨字越石中山魏昌人祖邁有經國之才父璠光祿大夫琨少稱儁朗累遷司徒長史尚書右丞迎大駕於長安以有殊勳封廣武侯年三十五出爲并州刺史爲段日磾所害謂溫嶠曰班彪識

劉氏之復興，馬援知漢光之可輔。漢書敘傳曰：彪字叔皮，扶風人。客於天水，隴西隗囂有窺覦之志，彪作王命論以諷之。東觀漢記曰：馬援字文淵，茂陵人。從公孫述、隗囂遊，後見光武，曰：天下反覆，盜名字者不可勝數，今見陛下寥廓大度，同符高祖，乃知帝王自有眞也。帝甚壯之。今晉阼雖衰，天命未改，吾欲立功於河北，使卿延譽於江南，子其行乎？溫曰：嶠雖不敏，才非昔人，明公以桓文之姿，建匡立之功，豈敢辭命。虞預晉書曰：嶠字大眞，太原祁人。少標俊淸徹，英頴顯名，爲司空劉琨左司馬。是時二都傾覆，天下大亂，琨聞元皇受命中興，忼慨幽朔，志存本朝，使嶠奉使。嶠喟

此處大少彷彿

然對曰嶠雖乏管張之才而明公有桓文之志敢辭不敏以違高旨以左長史奉使勸進累遷驃騎大將軍

溫嶠初為劉琨使來過江于時江左營建始爾綱紀未舉溫新至深有諸慮既詣王丞相陳主上幽越社稷焚滅山陵夷毀之酷有黍離之痛溫忠慨深烈言與泗俱丞相亦與之對泣敘情既畢便深自陳結丞相亦厚相酬納既出懽然言曰江左自有管夷吾此復何憂史記曰管仲夷吾者潁上

人相齊桓公九合諸侯一匡天下語林曰初溫奉使勸進晉王大集賓客見之溫公始入姿形甚陋合坐盡驚既坐陳說九服分崩皇室弛絕晉王君臣莫不歔欷及言天下不可以無主聞者莫不踊躍植髮穿冠王丞相深相付託溫公既見丞相便游樂不住曰既見管仲天下事無復憂

王敦兄含爲光祿勳含別傳曰含字處弘琅邪臨沂人累遷徐州刺史光祿勳與弟敦作逆伏誅敦既逆謀屯據南州含委職奔姑孰鄧粲晉紀曰初王導協贊中興敦有方面之功敦以劉隗爲閒已舉兵討之故含南奔武昌朝廷始警備也王丞相詣闕謝中興書曰導從兄敦舉兵討劉隗導率子

解得精寔

第二十餘人旦旦到公車泥首謝罪司徒丞相揚州官僚問訊倉卒不知何辭顧司空時為揚州別駕援翰曰王光祿遠避流言明公蒙塵路次羣下不寧不審尊體起居何如

郗太尉拜司空語同坐曰平生意不在多值世故紛紜遂至台鼎朱博翰音實愧於懷漢書曰朱博字子元杜陵人為丞相臨拜延登受策有大聲如鐘鳴上問楊雄李尋對曰洪範所謂鼓妖者也人君不聽空名得進則有無形之聲博後坐事自殺故序傳曰博之翰音鼓妖先作易中孚曰

高坐寺名迄今無改

可以逕改

上九翰音登於天貞凶王弼注曰翰高飛也飛者音飛而實不從也

高坐道人不作漢語或問此意簡文曰以簡應對之煩高坐別傳曰和尚胡名尸黎密西域人傳云國王子以國讓弟遂爲沙門永嘉中始到此土止於大市中和尚天姿高朗風韻遒邁丞相王公一見奇之以爲吾之徒也周僕射領選撫其背而歎曰若選得此賢令人無恨俄而周侯遇害和尚對其靈坐作胡祝數千言音聲高暢既而揮涕收淚其哀樂廢興皆此類性高簡不學晉語諸公與之言皆因傳譯然神領意得頓在言前塔寺記曰尸黎密冢曰高坐在石子岡常行頭陀卒於梅岡即葬焉晉元帝於冢邊立寺因名高坐

隱字費解不如註中陰映二字

隱作映解

看味外味

周僕射雍容好儀形詣王公初下車隱數人王公含笑看之既坐傲然嘯詠王公曰卿欲希嵇阮邪答曰何敢近舍明公遠希嵇阮 鄧粲晉紀曰伯仁儀容弘偉善於俛仰應答精神足以蔭映數人深自持能致人而未嘗往焉

庾公嘗入佛圖見臥佛 涅槃經云如來背痛於雙樹間北首而臥故後之圖繪者爲此象 曰此子疲於津梁于時以爲名言

摯瞻曾作四郡太守大將軍戶曹參軍復出作內史 摯氏世本曰瞻字景游京兆長安人太常虞兄子也父育涼州刺史瞻少善屬文起

家著作郎中朝亂依王敦爲戶曹參軍歷安豐新蔡西陽太守見敦以故壞裘賜老病外部都督瞻諫曰尊裘雖故不宜與小吏敦曰何爲不可瞻時因醉曰若上服皆可用賜貂蟬亦可賜下乎敦曰非喻所引如此不堪二千石瞻曰瞻視去西陽如脫屣耳敦反乃左遷隨郡內史

年始二十九嘗別王敦敦謂瞻曰卿年未三十已爲萬石亦太蚤瞻曰方於將軍少爲太蚤比之甘羅已爲太老

摯氏世本曰瞻高亮有氣節故以此答敦後知敦有異志建興四年與第五琦據荊州以距敦竟爲所害史記曰甘羅秦相茂之孫也年十二而秦相呂不韋欲使張唐相燕唐不肯行甘羅說而行之又請車五乘以使趙還報秦秦封甘羅爲上卿

（賜以甘茂田宅）

梁國楊氏子九歲，甚聰惠。孔君平（王隱晉書曰：孔坦字君平，會稽山陰人。善春秋，有文辯。歷太子舍人，累遷廷尉卿。）詣其父，父不在，乃呼兒出。爲設果，果有楊梅。孔指以示兒曰：此是君家果。兒應聲答曰：未聞孔雀是夫子家禽。

孔廷尉以裘與從弟沈，（孔氏譜曰：沈字德度，會稽山陰人。祖父奕，全椒令；父羣，鴻臚卿。沈至琅邪王文學。）沈辭不受。廷尉曰：晏平仲之儉，祠其先人，豚肩不掩豆，猶狐裘數十年，（劉向別錄）

謂玩虎於掌中耳

今史虎是勒從子

曰晏平仲名嬰東萊夷維人事齊靈公莊公以節儉力行重於齊禮記曰晏平仲祀其先人豚肩不掩豆君子以爲儉也又曰晏子一狐裘三十年晏子焉知禮注豚俎貿也豆徑尺言併豚之兩肩不能掩豆喻少也卿復何辭此於是受而服之

佛圖澄與諸石遊澄別傳曰道人佛圖澄不知何許人出於燉煌好佛道出家爲沙門永嘉中至洛陽值京師有難潛遁草澤閒石勒雄異好殺害因勒大將軍郭默略見勒以麻油塗掌占見吉凶數百里外聽浮圖鈴聲逆知禍福勒甚敬信之虎即位亦師澄號大和尚自知終日開棺無尸唯袈裟法服在焉林公曰澄以石虎爲海鷗鳥趙書曰虎字季龍勒從弟也征伐每斬將搴旗勒殁誅勒諸兒襲位莊子曰海上之

能麗納像

人好鷗者每旦之海上從鷗游鷗之至者數百
而不止其父曰吾聞鷗鳥從汝游取來玩之明
日之海上鷗
舞而不下

謝仁祖年八歲謝豫章鯤子別見將送客爾時語已
神悟自參上流諸人咸共歎之曰年少一坐之
顏回仁祖曰坐無尼父焉有顏回晉陽秋曰謝尚字仁祖陳
郡人鯤之子也齠齔喪兄哀慟過人及遭父喪
溫嶠唁之尚號叫極哀既而收涕告訴有異常
童嶠奇之由是知名仕
至鎮西將軍豫州刺史

陶公疾篤都無獻替之言朝士以爲恨陶氏敘曰侃字

表辭甚雅丈夫本志及覆略盡復何求哉若此外臣鄰及君側有非可必於身後流俗近言非事宜似爭似譏

士衡其先鄱陽人後徙尋陽侃少有遠槩綱維宇宙之志察孝廉入洛司空張華見而謂曰後來臣王寧民君其人也劉弘鎮沔南取爲長史謂侃曰昔吾爲羊太傅參佐見語云君後當居身處今相觀亦復然矣累遷湘廣荆三州刺史加羽葆鼓吹封長沙郡公大將軍贊拜不名劍履上殿進太尉贈大司馬謚桓公按王隱晉書載侃臨終表曰臣少長孤寒始願有限過蒙先朝歷世異恩臣年垂八十位極人臣啟手啟足當復何恨但以餘寇未誅山陵未復所以憤慨兼懷唯此而已猶冀犬馬之齒尚可少延欲爲陛下北吞石虎西誅李雄勢遂不振良圖永息臨書振腕涕泗橫流伏願遴選代人使必得良才足以奉宣王猷遵成志業則雖死之日猶生之年有表若此非無獻替

仁祖聞之曰時無豎刁故不貽陶

公語言呂氏春秋曰管仲病桓公問曰子如不諱誰代子相者竪刁何如管仲曰自宮以事君非人情必不可用後果亂齊時賢以爲德音

竺法深在簡文坐劉尹問道人何以游朱門答曰君自見其朱門貧道如游蓬戶高逸沙門傳曰法師居會稽皇帝重其風德遣使迎焉法師暫出應命司徒會稽王天性虛澹與法師結殷勤之歡師雖升履丹墀出入朱邸泯然曠達不異蓬宇也或云卞令別見

孫盛爲庾公記室參軍中興書曰盛字安國太原中都人博學強識歷著作郎瀏陽令庾亮爲荊州以爲征西主簿累遷秘書監從獵將其二兒俱

行庾公不知忽於獵場見齊莊時年七八歲庾謂曰君亦復來邪應聲答曰所謂無小無大從公於邁

孫齊由齊莊二人小時詣庾公公問齊由何字答曰字齊由公曰欲何齊邪曰齊許由晉百官名曰孫潛字齊由太原人中興書曰潛盛長子也豫章太守殷仲堪下討王國寶潛時在郡逼爲咨議參軍固辭不就遂以憂卒齊莊何字答曰字齊莊公曰欲何齊曰齊莊周公曰何不慕仲尼而慕莊周對曰

聖人生知故難企慕庾公大喜小兒對孫放別傳曰放字齊莊監君次子也年八歲太尉庾公召見之放清秀欲觀試乃授紙筆令書放便自疏名字公題後問之曰爲欲慕莊周邪放書答曰意欲慕之公曰何故不慕仲尼而慕莊周放曰仲尼生而知之非希企所及至於莊周是其次者故慕耳公謂賓客曰王輔嗣應答恐不能勝之卒長沙王相

張玄之顧敷是顧和中外孫皆少而聰惠和並知之而常謂顧勝親重偏至張頗不懕敷別見續晉陽秋曰張玄之字祖希吳郡太守澄之孫也少以學顯歷吏部尚書出爲冠軍將軍吳興太守會

非小兒語

不辨優劣令人自見註引經論又恰破的

被親不被親作被親被不親

稽內史謝玄同時之郡郡論者以爲南北之望玄之名亞謝玄時亦稱南北二玄卒於郡

于時張年九歲顧年七歲和與俱至寺中見佛般泥洹像弟子有泣者有不泣者和以問二孫玄謂被親故泣不被親故不泣敷曰不然當由忘情故不泣不能忘情故泣大智度論曰佛在陰菴羅雙樹間入般涅槃臥北首大地震動諸天學人僉然不樂郁伊交涕諸無學人但念諸法一切無常

庾法暢造庾太尉握麈尾至佳公曰此至佳那得在法暢曰廉者不求貪者不與故得在耳法暢

劉公幹答魏太子書云夏屋方成而大匠先立其下嘉禾始熟而農夫先嘗其粒邵語本此駢語乃玄

氏族出未詳法所注人物論自敘其美云暘悟銳有神才辭通辯

庾穉恭爲荆州庾翼别傳曰翼字穉恭潁川鄢陵人也少有大度特論以經略許之兄太尉亮薨朝議推才以翼都督七州進征南將軍荆州刺史以毛扇上武帝武帝疑是故物傅咸羽扇賦序曰昔吳人直截鳥翼而摇之風不滅方圓二扇而功無加然中國莫有生意者滅吳之後翕然貴之無人不用按庾穉以白羽扇獻武帝帝嫌其非新反侍中劉劭曰文字志曰劭字彦祖彭城叢亭人祖訥司隸校尉父松成皐令劭博識好學多藝能善艸隸初仕領軍參軍太傅出東劭謂京洛必危乃單馬奔揚州歷侍中豫章太守之不開異也栢梁雲構工匠先居其下管

弦繁奏鍾夔先聽其音（鍾鍾期也夔舜樂正）稱恭上扇以
好不以新更後聞之曰此人宜在帝左右
何驃騎亡後（何充別見）徵褚公入既至石頭王長史
劉尹同詣褚褚曰眞長何以處我眞長顧王曰
此子能言褚因視王王曰國自有周公（晉陽秋曰充之
卒議者謂太后父裒宜秉朝政裒自丹徒入朝
吏部尚書劉遐勸裒曰會稽王令德國之周公
也足下宜以大政付之裒長史王
胡之亦勸歸藩於是固辭歸京）
桓公北征經金城見前爲琅邪時種柳皆已十

寫得沈至正在後八字耳若出於桓大口語安得如此悽惻

大都是王敦擊唾壺意

兩得詞体

圍慨然曰木猶如此人何以堪攀枝執條泫然流淚。桓溫別傳曰溫字元子譙國龍亢人漢五更桓榮後也父彝有識鑒溫少有豪邁風氣為溫嶠所知累遷琅邪內史進征西大將軍鎮西夏時逆胡未誅餘燼假息溫親勒郡卒建旗致討清蕩伊洛展敬園陵薨謚宣武侯

簡文作撫軍時嘗與桓宣武俱入朝更相讓在前宣武不得已而先之因曰伯也執殳為王前驅。衛詩也殳長一丈二尺無刃簡文曰所謂無小無大從公于邁。

顧悅與簡文同年而髮蚤白中興書曰悅字君叔晉陵人初爲殷浩揚州別駕浩卒上疏理浩或諫以浩爲太宗所廢必不依許悅固爭之浩果得申物論稱之後至尚書左丞簡文曰卿何以先白對曰蒲柳之姿望秋而落松柏之質經霜彌茂顧凱之爲父傳曰君以直道陵遲於世入見王王髮無二毛而君已斑白問君年乃曰卿何偏蚤白君曰松柏之姿經霜猶茂臣蒲柳之質望秋先零受命之異也王稱善久之

桓公入峽絕壁天懸騰波迅急晉陽秋曰溫以永和二年率所領七千餘人伐蜀拜表輒行迺歎曰既爲忠臣不得爲孝子

如何漢書曰王陽爲益州刺史行部至卭郲九折坂歎曰奉先人遺體奈何數乘此險以病去官後王尊爲刺史至其坂問吏曰非王陽所畏之道邪吏曰是叱其馭曰驅之王陽爲孝子王尊爲忠臣

初熒惑入太微尋廢海西晉陽秋曰泰和六年閏十月熒惑守太微端門十一月大司馬桓溫廢帝爲海西公晉安帝紀曰桓溫於枋頭奔敗知民望之去也乃屠袁眞於壽陽既而謂郗超曰足以雪枋頭之恥乎超曰未厭有識之情也公六十之年敗於大舉不建高世之勳未足以鎭猒民望因說溫以廢立之事時溫夙有此謀深納超言遂廢海西

簡文登阼復入太微帝惡之徐廣晉紀曰咸安元年十二月熒惑

逆行入太微至二年七月猶在焉帝懲海西之事心甚憂之時郗超爲中書在直中興書曰超字景興高平人司空愔之子也少而卓犖不羈有曠世之度累遷中書郎司徒左長史引超入曰天命脩短故非所計政當無復近日事不超曰大司馬方將外固封疆內鎮社稷必無若此之慮臣爲陛下以百口保之帝因誦庾仲初詩庾闡從征詩也曰志士痛朝危忠臣哀主辱聲甚悽厲郗受假還東帝曰致意尊公家國之事遂至於此由是身不能以道匡衛思患

似識不見也

清言經造

預防愧歎之深言何能喻因泣下流襟續晉陽秋曰帝外壓彊臣憂憤不得志在位二年而崩

簡文在暗室中坐召宣武宣武至問上何在簡文曰某在斯時人以爲能論語注歷告坐中人也

簡文入華林園顧謂左右曰會心處不必在遠翳然林水便自有濠濮間想也莊子曰莊子與惠子游濠梁水上莊子曰儵魚出游從容是魚樂也惠子曰子非魚安知魚之樂邪莊子曰子非我安知我之不知魚之樂也莊周釣在濮水楚王使二大夫造焉曰願以境內累莊子莊子持竿不顧曰聞

自家潦倒憂及兒輩真鍾情語也此少有喻者

高視世外

楚有神龜死已三千年矣巾笥而藏於廟此寧曳尾於塗中寧留骨而貴乎二大夫曰寧曳尾於塗中莊子曰往矣吾亦寧曳尾於塗中覺鳥獸禽魚自來親人

謝太傅語王右軍曰中年傷於哀樂與親友別輒作數日惡王曰按王羲之字逸少琅邪人父曠淮南太守羲之少朗拔爲叔廙所賞善草隸累遷江州刺史右軍將軍會稽內史年在桑榆自然至此正賴絲竹陶寫恒恐兒輩覺損欣樂之趣

支道林常養數匹馬或言道人畜馬不韻支曰貧道重其神駿高逸沙門傳曰支遁字道林河內林慮人或曰陳留人本姓關

淺於談者有深有淺其義常解不能盡

言其講說可聽而未到至處耳

竟似不滿

氏少而任心獨往風期高亮家世奉法嘗於餘杭山沈思道行泠然獨暢年二十五始釋形入道年五十三終於洛陽

劉尹與桓宣武共聽講禮記桓云時有入心處便覺咫尺玄門劉曰此未關至極自是金華殿之語漢書敘傳曰班伯少受詩於師丹大將軍王鳳薦伯於成帝宜勸學召見宴暱拜爲中常侍時上方向學鄭寬中張禹朝夕入說尚書論語於金華殿詔伯受之

羊秉爲撫軍參軍少亡有令譽夏侯孝若爲之敘極相讚悼羊秉敘曰秉字長達太山平陽人漢南陽太守續曾孫大父魏郡府

重一語叔悲苦

物字作親

君郎車騎掾元子也府君夫人鄭氏無子乃養秉齠齔而佳小心敬慎十歲而鄭夫人薨秉思荅盡哀俄而公府掾及夫人並卒秉羣從父率禮相承人不問其親雍雍如也仕叅撫軍將軍事將奮千里之足揮冲天之翼惜乎春秋三十有二而卒昔罕虎死子產以爲無與爲善自夫子之沒有子產之歎矣亡後有子男又不育是何行善而禍繁也豈非司馬生之所惑歟

羊權爲黃門侍郎侍簡文坐帝問曰夏侯湛別見作羊秉敘絕可想是卿何物有後不羊氏譜曰權字道輿徐州刺史悕之子也仕至尚書左丞權潸然對曰亡伯令問夙彰而無有繼嗣雖名播天聽然胤絕聖世帝嗟慨久

佳言

語大無當

之

王長史與劉眞長別後相見王長史別傳曰濛字仲祖太原晉陽人其先出自周室經漢魏世爲大族祖父佐北軍中候父訥葉令濛神氣清韶年十餘歲放邁不羣弱冠檢尚風流雅正外絕榮競內寡私欲辟司徒掾中書郎以后父贈光祿大夫王謂劉曰卿更長進答曰此若天之自高耳語林曰仲祖語眞長曰卿近大進劉曰卿仰看邪王問何意對曰不爾何由測天之高也

劉尹云人想王荊產佳此想長松下當有清風耳荊產王微小字也王氏譜曰微字幼仁琅邪人祖父乂平北將軍父澄荊州刺史微歷尚

介葛盧能辨牛語則蠻語亦然

不謂真長玄度有此謬談

二君故復有此破綻耶

書郎右
軍司馬

王仲祖聞蠻語不解茲然曰若使介葛盧來朝故當不昧此語春秋傳曰介葛盧來朝魯聞牛鳴曰是生三犧皆用之矣其音云問之而信杜預注曰介東夷國葛盧其君名也

劉真長爲丹陽尹許玄度出都就劉宿續晉陽秋曰許詢字玄度高陽人魏中領軍允玄孫總角秀惠衆稱神童長而風情簡素司徒掾辟不就蚤卒牀帷新麗飲食豐甘許曰若保全此處殊勝東山劉曰卿若知吉凶由人吾安得不保此春秋傳曰

此在謝自爲德音然王是救時急務

吉凶無門唯人所召王逸少在坐曰令巢許遇稷契當無此言二人並有愧色

王右軍與謝太傅共登冶城揚州記曰冶城吳時鼓鑄之所吳平猶不廢王茂弘所治也謝悠然遠想有高世之志王謂謝曰夏禹勤王手足胼胝文王旰食日不暇給今四郊多壘禮記曰四郊多壘卿大夫之辱也宜人人自效而虛談廢務浮文妨要恐非當今所宜謝答曰秦任商鞅二世而亡戰國策曰衛商鞅諸庶孽子名鞅姓公孫氏少好刑名學爲秦

惟謝東山能為此言他人不近

有女子風致愈覺撒鹽之俗

孝公相封於商豈清言致患邪

謝太傅寒雪日內集與兒女講論文義俄而雪驟公欣然曰白雪紛紛何所似兄子胡兒曰胡兒謝朗小字晉陽秋曰朗字長度安兄據長子安蚤知之文義豔發名亞於玄仕至東陽太守撒鹽空中差可擬兄女曰未若柳絮因風起公大笑樂即公大兄無奕女左將軍王凝之妻也王氏譜曰凝之字叔平羲之第二子也歷江州刺史左將軍會稽內史晉安帝紀曰凝之事五斗米道孫恩攻會稽凝之不設備遂爲恩所害謝夫人名道蘊有文才所著詩賦傳於世

王中郎令伏玄度習鑿齒論青楚人物

王中郎傳曰：坦之字文度，太原晉陽人。祖東海太守丞，清淡平遠。父述，貞貴簡正。坦之器度淳深，孝友天至，譽輯朝野，標的當時。累遷侍中、中書令，領北中郎將、徐兗二州刺史。中興書曰：伏滔字玄度，平昌安丘人。少有才學，舉秀才，大司馬桓溫參軍，領大著作，掌國史，游擊將軍，卒。習鑿齒字彥威，襄陽人。少以文稱，善尺牘。桓溫在荊州，辟爲從事，歷治中、別駕，遷滎陽太守。滔集載其論，略曰：滔以春秋時鮑叔、管仲、隰朋、召忽、輪扁、甯戚、麥丘人、逢丑父、晏嬰、涓子，戰國時公羊高、孟軻、鄒衍、田單、荀卿、鄒奭、莒大夫、田子方、檀子、晉連、淳于髡、盼子、田光、顏歜、黔子、於陵仲子、王叔、即墨大夫，前漢時伏徵君、終君、東郭先生、叔孫通、萬石君、東方朔、安期先生，後吳時大司徒伏三老、江華逢荀禽慶承幼子徐眆薛方鄭康成周孟玉劉祖榮臨孝存侍其元矩孫寶碩劉仲謀劉公山王儀伯郎宗祠正平劉成國魏時管幼安邴根矩華子魚徐偉長任昭先伏高陽此皆青士有才德者也鑿齒以神農生於黔中邵南詠其美化春秋稱其多才漢廣之風不同雞鳴之篇子文叔敖羞與管晏比德接輿之歌鳳兮漁父之詠滄浪漢陰丈人之折子貢市南宜僚屠羊說之不爲利囘魯仲連不及老萊夫妻田光之於屈原鄧禹卓茂無敵於天下管幼安不勝龐公龐士元不推華子魚何鄧二尚書獨步於魏朝樂令無對於晉世昔伏羲葬南郡少昊葬長沙舜葬零陵比其人則準的如此論其士則羣聖之所葬考其風則詩人之所歌尋其事則未有赤眉黃巾此何如青州邪滔與相往反鑿齒無以對也

臨成以示韓康伯

康伯都無言王曰何故不言韓曰無可無不可

劉尹曰清風朗月輒思玄度按許詢能清言于時人皆欽仰

荀中郎在京口晉陽秋曰荀羨字令則潁川人光祿大夫崧之子也清和有識裁少以主婿爲駙馬都尉是時殷浩參謀百揆引羨爲援頻泣義興吳郡超授北中郎將徐州刺史以蕃屏焉中興書曰羨年二十八出爲徐兖二州中興方伯之少未有若羨者也登北固望海云南徐州記曰城西北有別嶺入江三面臨水高數十丈號曰北固雖未覩三山便自使人有凌雲意若秦漢之君必當褰裳濡足史記封禪書曰蓬萊方丈瀛洲此三山世傳在海中去人不遠

嘗有至者言諸仙人不死藥在焉黃金白銀爲宮闕草物禽獸盡白望之如雲及至反居水下欲到即風引船而去終莫能至秦始皇登會稽並海上冀遇三神山之奇藥漢武帝既封泰山無風雨變至方士更言蓬萊諸藥可得於是上欣然東至海冀獲蓬萊者

謝公云賢聖去人其間亦邇子姪未之許公歎曰若郗超聞此語必不至河漢超別傳曰超精於理義沙門支道林以爲一時之儁莊子曰肩吾問於連叔曰吾聞言於接輿大而無當往而不反怪怖其言猶河漢而無極也

支公好鶴住剡東岇山支公書曰山去會稽二百里有人遺

其雙鶴少時翅長欲飛支意惜之乃鎩其翮鶴軒翥不復能飛乃反顧翅垂頭視之如有懊喪意林曰既有淩霄之姿何肯爲人作耳目近玩養令翮成置使飛去

謝中郎經曲阿後湖問左右此是何水中興書曰謝萬字萬石太傅安弟也才氣高俊蚤知名歷吏部郎西中郎將豫州刺史散騎常侍答曰曲阿湖太康地記曰曲阿本名雲陽秦始皇以有王氣鑿北阬山以敗其勢截其直道使其阿曲故曰曲阿也吳還爲雲陽今復名曲阿謝曰故當淵注渟著

納而不流

晉武帝每餉山濤恒少。謝太傅安也以問子弟，車騎玄也答曰：當由欲者不多，而使與者忘少。謝車騎家傳曰：玄字幼度，鎮西奕第三子也。神理明俊，善微言。叔父太傅嘗與子姪燕集，問武帝任山公以三事，任以官人，至於賜予不過斤合，當有言不。玄答有辭致也。

謝胡兒語庾道季道季，庾龢小字。徐廣晉紀曰：龢字道季，太尉亮子也。風情率悟，以文談致稱於時。歷仕至丹陽尹，兼中領軍。諸人莫當就卿談，可堅城壘。庾曰：若文度來，我以偏師待之；康伯來，

濟河焚舟春秋傳曰秦伯伐晉濟河焚舟杜預曰示必死

李弘度常歎不被遇中興書曰李充字弘度江夏郢人也祖康父矩皆有美名充初辟丞相掾記室參軍以貧求剡縣遷大著作中書郎殷揚州殷浩別見知其家貧問君能屈志百里不李答曰北門之歎久已上聞衛詩北門刺仕不得志也窮猿奔林豈暇擇木遂授剡縣

王司州至吳興印渚中看王胡之別傳曰胡之字修齡琅邪臨沂人王廙之子也歷吳興太守徵侍中丹陽尹秘書監並不就拜使持節都督司州諸軍事西中郎

將司州刺史吳興記曰於潛縣東七十里有印渚渚傍有白石山峻壁四十丈印渚蓋衆溪之下流也印渚已上至縣悉石瀨惡道不可行船印渚已下水道無險故行旅集焉歎曰非唯使人情開滌亦覺日月清朗

謝萬作豫州都督新拜當西之都邑相送累日謝疲頓於是高侍中往中興書曰高崧字茂琰廣陵人父悝光祿大夫崧少好學善史傳累遷吏部郎侍中以公累免官徑就謝坐因問卿今仗節方州當疆理西蕃何以爲政謝粗道其意高便爲謝道形勢作數百語謝遂起坐高去後

黯然銷魂逼
是注情語耶
未全解者

謝追曰阿酃故麤有才具阿酃松小字也謝因此得終坐

袁彥伯爲謝安南司馬安南謝奉別見都下諸人送至瀨鄉將別既自悽惘歎曰江山遼落居然有萬里之勢續晉陽秋曰袁宏字彥伯陳郡人魏郎中令煥六世孫也祖猷侍中父勗臨汝令宏起家建威參軍安南司馬記室太傅謝安賞宏機捷辯速自吏部郎出爲東陽郡乃祖之於冶亭時賢皆集安欲卒迫試之執手將別顧左右取一扇而贈之宏應聲答曰輒當奉揚仁風慰彼黎庶合坐歎其要捷性直亮故位不顯也在郡卒

孫綽賦遂初築室畎川自言見止足之分中興書曰綽字興公太原中都人少以文稱歷太學博士大著作散騎常侍遂初賦敘曰余少慕老莊之道仰其風流久矣卻感於陵賢妻之言悵然悟之乃經始東山建五畝之宅帶長阜倚茂林孰與坐華幕擊鍾鼓者同年而語其樂哉齋前種一株松恒自手壅治之高世遠時亦鄰居世遠高柔字也別見語孫曰松樹子非不楚楚可憐但永無棟梁用耳孫曰楓柳雖合抱亦何所施

桓征西治江陵城甚麗盛弘之荊州記曰荊州城臨漢江臨江王所治

華、四字不似甚妙

此正陸游之言人不能識耳

王被徵出城北門而車軸折父老泣曰吾王去不還矣從此不開北門會賓僚出江津望之云若能目此城者有賞顧長康時爲客在坐目曰遙望層城丹樓如霞桓即賞以二婢

王子敬語王孝伯曰羊叔子自復佳耳然亦何與人事晉諸公贊曰羊祜字叔子太山平陽人也世世長吏二千石至祜九世以清德稱爲兒時遊汶濱有行父止而觀焉歎息曰處士大好相善爲之未六十當有重功於天下即富貴無相忘遂去莫知所在累遷都督荊州諸軍事自在南夏吳人說服稱曰羊公莫敢名者南

世說卷二　言語　二六

羊公盛德此語殊傷于薇之淳

此與四字極似無謂亦有可思

便是虎頭画

州人聞公喪號哭罷市

故不如銅雀臺上妓

魏武遺令曰以吾妾與妓人皆著銅雀臺上施六尺牀繐帷月朝十五日輒使向帳作伎

林公見東陽長山曰何其坦迤

會稽地志曰山靡迤而長

顧長康從會稽還人有問山川之美顧云千巖競秀萬壑爭流草木蒙籠其上若雲興霞蔚

丘淵之文章錄曰顧愷之字長康晉陵人父悅尚書左丞愷之義熙初爲散騎常侍

簡文崩孝武年十餘歲立至暝不臨

宋明帝文章志曰孝武皇帝諱昌明簡文第三子也初簡文觀讖書曰晉氏阼盡昌明及帝誕育東方始明故因生

甚遠

摘句者摘其疑以問

〔時以爲諱而相與忘告簡文問之乃以諱對簡文流涕曰不意我家昌明便出帝聰惠推賢任才年三十五崩〕左右啟依常應臨帝曰哀至則哭何常之有

孝武將講孝經謝公兄弟與諸人私庭講習〔續晉陽秋曰寧康三年九月九日帝講孝經僕射謝安侍坐吏部尚書陸納兼侍中卞耽讀黃門侍郎謝石吏部袁宏兼執經中書郎車胤丹陽尹王混摘句〕車武子難苦問謝〔車胤別見〕謂袁羊曰不問則德音有遺多問則重勞二謝〔袁羊喬小字袁氏家傳曰喬字彥升陳郡人父瓌光祿大夫喬歷尚書郎江夏相從〕

對易問難但人無此情也

桓温平蜀封湘西伯益州刺史袁曰必無此嫌車曰何以知爾袁曰何嘗見明鏡疲於屢照清流憚於惠風

王子敬云從山陰道上行會稽土地志曰邑山在山陰故以名焉山川自相映發使人應接不暇若秋冬之際尤難爲懷會稽郡記曰會稽境特多名山水峯崿隆峻吐納雲霧松栝楓柏擢幹竦條潭壑鏡徹清流寫注王子敬見之曰山水之美使人應接不暇

謝太傅問諸子姪子弟亦何預人事而正欲使其佳諸人莫有言者車騎答曰謝玄譬如芝蘭玉

小兒學語體格未成利鈍書簽面目可憎

樹欲使其生於階庭耳

道壹道人好整飾音辭王珣遊嚴陵瀨詩敘曰道壹姓竺氏名德沙門題目曰道壹文鋒富贍孫綽爲之贊曰馳騁遊說言罔不虛唯茲壹公綽然有餘譬若春圃載芬載敷條柯猗蔚枝幹扶疎從都下還東山經吳中已而會雪下未甚寒諸道人問在道所經壹公曰風霜固所不論乃先集其慘澹郊邑正自飄瞥林岫便已皓然

張天錫爲涼州刺史稱制西隅既爲苻堅所禽

世乃有三字字不可曉後過江爲人所笑减一字

訊問者之嫉已

用爲侍中後於壽陽俱敗至都張資涼州記曰天錫字公純嘏
安定烏氏人張耳後也曾祖軌永嘉中爲涼州
刺史值京師大亂遂據涼土天錫簒位自立爲
涼州牧符堅使將姚萇攻没涼州天錫歸長安
堅以爲侍中北部尚書歸義矦從堅至壽陽堅
軍敗遂南歸拜散騎常侍西平公中興書
曰天錫後以貧拜廬江太守甍贈侍中爲孝
武所器每入言論無不竟日頗有嫉已者於坐
問張北方何物可貴張曰桑椹甘香鴟鴞革響
淳酪養性人無嫉心詩魯頌曰翩彼飛鴞集于
泮林食我桑椹懷我好音
西河舊事曰河西牛羊肥酪過精
好但寫酪置革上都不解散也

何哭近矣答
收當俳
悵甚

顧長康拜桓宣武墓作詩云山崩溟海竭魚鳥將何依宋明帝文章志曰愷之爲桓溫參軍甚被親暱人問之曰卿憑重桓乃爾哭之狀其可見乎顧曰鼻如廣莫長風眼如懸河決溜春秋考異郵曰距不周風四十五日廣莫風至廣莫者精大備也葢北風也一曰寒風或曰聲如震雷破山淚如傾河注海

毛伯成既負其才氣常稱寧爲蘭摧玉折不作蕭敷艾榮征西寮屬名曰毛玄字伯成潁川人仕至征西行軍參軍

代佛何歎耶沙彌於後

義甚佳

范甯作豫章中興書曰甯字武子慎陽縣人博學通覽累遷中書郎豫章太守八日請佛有板衆僧疑或欲作答有小沙彌在坐末曰世尊默然則爲許可衆從其義

司馬太傅齋中夜坐孝文王傳曰王諱道子簡文皇帝第五子也封會稽王領司徒揚州刺史進太傅爲桓玄所害贈丞相于時天月明淨都無纖翳太傅歎以爲佳謝景重在坐續晉陽秋曰謝重字景重陳郡人父朗東陽太守重明秀有才會稽驃騎長史答曰意謂乃不如微雲點綴太傅因戲謝曰卿居心不淨乃復強欲

滓穢太清邪

王中郎甚愛張天錫問之曰卿觀過江諸人經緯江左軌轍有何偉異後來之彥復何如中原張曰研求幽邃自王何以還因時修制荀樂之風荀顗荀勖修定法制樂則未闡王曰卿知見有餘何故爲苻堅所制張資涼州記曰天錫明鑒穎發英聲少著答曰陽消陰息故天步屯蹇否剝成象豈足多譏

謝景重女適王孝伯兒二門公甚相愛美謝女譜曰

重女月鏡適王恭子愔之謝爲太傅長史被彈王即取作長史帶晉陵郡太傅已構嫌孝伯不欲使其得謝還取作咨議外示縶維而實以乖間之及孝伯敗後太傅繞東府城行散丹陽記曰東府城西有簡文爲會稽王時第東則孝文王道子府道子領揚州仍住先舍故俗稱東府僚屬悉在南門要望候拜時謂謝曰王寧異謀阿寧王恭小字也云是卿爲其計謝曾無懼色斂笏對曰樂彦輔有言豈以五男易一女太傅善其對因舉酒勸之曰

超作越

故自佳故自佳

桓玄義興還後見司馬太傅太傅已醉坐上多客問人云桓溫來欲作賊如何晉安帝紀曰溫在姑孰諷朝廷求九錫謝安使吏部郎袁宏具其草以示僕射王彪之彪之作色曰丈夫豈可以此事語人邪安徐問其計彪之曰聞其疾已篤且可緩其事安從之故不行桓玄伏不得起謝景重時爲長史舉板答曰故宣武公黜昏暗登聖明功超伊霍紛紜之議裁之聖鑒太傅曰我知我知卽舉酒云桓義興勸卿酒桓出謝過

檀道鸞論之曰道子可謂易於由言謝重能解紛紜矣

宣武移鎮南州制街衢平直人謂王東亭曰王司徒傳曰王珣字元琳丞相導之孫領軍洽之子也少以清秀稱大司馬桓溫辟爲主簿從討袁眞封交趾望海縣東亭侯累遷尚書左僕射領選進尚書令丞相初營建康無所因承而制置紆曲方此爲劣晉陽秋曰蘇峻既誅大事克平之後都邑殘荒溫嶠議徙都豫章以即豐全朝士及三吳豪傑謂可遷都會稽王導獨謂不宜遷都建業往之秣陵古者既有帝王所治之表又孫仲謀劉玄德俱謂是王者之宅今雖凋殘宜修勞來旋定之道鎮靜羣情且百堵皆作何患不克復乎終至康寧導之策也東

既曰妖浮那得其重若謂輕詆則可耳

亭曰此丞相乃所以爲巧江左地促不如中國若使阡陌條暢則一覽而盡故紆餘委曲若不可測

桓玄詣殷荆州殷在妾房晝眠左右辭不之通桓後言及此事殷云初不眠縱有此豈不以賢賢易色也孔安國注論語曰言以好色之心好賢人則善

桓玄問羊孚羊氏譜曰孚字子道泰山人祖楷尚書郎父綏中書郎孚歷太學博士州別駕太尉參軍年四十六卒何以共重吳聲羊曰當以其

瑚璉有不急不貴重有時不可無耳

妖而浮

謝混問羊孚何以器舉瑚璉晉安帝紀曰混字叔源陳郡人司空琰少子也文學砥礪立名累遷中書令尚書左僕射坐黨劉毅伏誅論語子貢問曰賜也何如子曰汝器也曰何器也曰瑚璉也鄭玄注曰黍稷器夏曰瑚殷曰璉羊曰故當以爲接神之器

桓玄既篡位後御牀微陷羣臣失色侍中殷仲文進曰續晉陽秋曰仲文字仲文陳郡人祖融太常父康吳興太守仲文聞玄平京邑棄郡投焉玄甚說之引爲咨議參軍時王謐見禮而不親卞範之被親而少禮其寵遇隆重兼

羣醜獻諛讀之嘔噦那得稱佳

於王卞矣及玄篡位以佐命親貴厚自封崇輿馬器服窮極綺麗後房妓妾數十絲竹不絕音性甚貪吝多納賄賂家累千金常若不足玄既敗先投義軍累遷侍中尚書以罪伏誅當由聖德淵重厚地所以不能載時人善之

桓玄既篡位將改置直館問左右虎賁中郎省應在何處有人答曰無省當時殊忤旨問何以知無答曰潘岳秋興賦敘曰余兼虎賁中郎將寓直散騎之省岳別見其賦敘曰晉十有四年余年三十二始見二毛以太尉掾兼虎賁中郎將寓直散騎之省高閣連雲陽景罕曜僕野人也猥厠朝列譬猶池魚籠鳥有

註爲詳

將不猶將無也

江湖山藪之思，於是染翰操紙，慨然而賦。于時秋至，故以秋興命篇。玄咨嗟稱善。劉謙之晉紀曰：玄欲復虎賁中郎將，疑應直與不，訪之僚佐，咸莫能定。參軍劉簡之對曰：昔潘岳秋興賦敘云：余兼虎賁中郎將，寓直于散騎之省。以此言之，是應直也。玄懽然從之。此語微異，又答者未知姓名，故詳載之。

謝靈運好戴曲柄笠，丘淵之新集錄曰：靈運，陳郡陽夏人。祖玄，車騎將軍。父渙，秘書郎。靈運歷秘書監、侍中、臨川內史，以罪伏誅。孔隱士謂曰：卿欲希心高遠，何不能遺曲蓋之貌？宋書曰：孔淳之字彥深，魯國人。少以辭榮就約，徵聘無所就。元嘉初，散騎郎徵，不到。隱上虞山。謝答曰：將不畏影者未能忘懷莊子云：漁父謂孔子曰：人有畏影惡跡而去之走者，舉足逾數而跡逾多，走逾疾而影不離，自以尚遲，疾走不休，絕力而死。不知處陰以休影，處靜以息跡，愚亦甚矣。子修心守眞，還以物與人，則無異矣。不修身而求之人，不亦外事者乎。

政事

陳仲弓爲太丘長，時吏有詐稱母病求假，事覺，收之，令吏殺焉。主簿請付獄考衆姦。仲弓曰：欺君不忠，病母不孝，不忠不孝，其罪莫大。考求衆姦，豈復過此。陳寔已別見

謂生子不救育

必無父在稱先父之理未可以年十一初來之如此註書或誤來者

陳仲弓爲太丘長有劫賊殺財主主者捕之未至發所道聞民有在草不起子者回車往治之主簿曰賊大宜先按討仲弓曰盜殺財主何如骨肉相殘按後漢時賈彪有此事不聞寔也

陳元方年十一時陳紀已見候袁公袁公問曰賢家君在太丘遠近稱之何所履行元方曰先父在太丘彊者綏之以德弱者撫之以仁恣其所安久而益敬袁宏漢紀曰寔爲太丘其政不嚴而治百姓敬之袁公曰孤

袁公語警

賀公雅士恐不當爾

往者嘗爲鄴令正行此事不知卿家君法孤孤法卿父檢衆漢書袁氏諸公未知誰爲鄴令故闕其文以待通識者元方曰周公孔子異世而出周旋動靜萬里如一周公不師孔子孔子亦不師周公

賀太傅作吳郡初不出門吳中諸強族輕之乃題府門云會稽雞不能啼環濟吳紀曰賀邵字興伯會稽山陰人祖齊父景並歷美官邵歷散騎常侍出爲吳郡太守後遷太子太傅賀聞故出行至門反顧索筆足之曰不可啼殺吳兒於是至

謂此以敘下都不成語

稽阮以識推山公此是也

諸屯邸檢校諸顧陸役使官兵及藏逋亡悉以事言上罪者甚衆陸抗時爲江陵都督吳錄曰抗字幼節吳郡人丞相遜子孫策外孫也爲江陵都督累遷大司馬荊州牧故下請孫皓然後得釋

山公以器重朝望年踰七十猶知管時任虞預晉書曰山濤字巨源河內懷人祖本郡孝廉父曜冤句令濤蚤孤而貧少有器量宿士猶不慢之年十七宗人謂宣帝曰濤當與景文共綱紀天下者也帝戲曰卿小族那得此快人邪好莊老與嵇康善爲河內從事與石鑒共傳宿濤夜起蹋鑒曰今何等時而眠也知太傅臥何意鑒曰宰

此又似排調輕詆殊不與政事

相三日不朝與尺一令歸第君何處焉濤曰咄石生無事馬蹄閒也投傳而去果有曹爽事遂隱身不交世務累遷吏部尚書僕射太子少傅司徒年七十九薨謚康侯

貴勝年少若和裴王之徒並共宗詠有署閣柱曰閣東有大牛和嶠鞅裴楷鞦王濟剔嬲不得休王隱晉書曰初濤領吏部潘岳內非之密爲作謠曰閣東有大牛王濟鞅裴楷鞦和嶠刺促不得休竹林七賢論曰濤之處選非望路絕故貽是言或云潘尼作之文士傳曰尼字正叔滎陽人祖勗尚書左丞父滿平原太守並以文學稱尼負清才文詞溫雅初應州辟終太常卿

賈充初定律令晉諸公贊曰充字公閭襄陵人父逵魏豫州刺史充起家爲尚

知非政事

書遷廷尉聽訟稱平晉受禪封魯郡公充有才識明達治體加善刑法由此與散騎常侍裴楷共定科令蠲除密網以爲晉律薨贈太宰與羊祜共咨太傅鄭冲王隱晉書曰冲字文和滎陽開封人有核練才清虛寡欲喜論經史草衣縕袍不以爲憂累遷司徒太保晉受禪進太傅冲曰臯陶嚴明之旨非僕闇懦所探羊曰上意欲令小加弘潤冲乃粗下意續晉陽秋曰初文帝命荀勖賈充裴秀等分定禮儀律令皆先咨鄭冲然後施行也

山司徒前後選殆周遍百官舉無失才凡所題目皆如其言唯用陸亮是詔所用與公意異爭

也是語言不當入政事

之不從亮亦尋爲賄敗晉諸公贊曰亮字長輿河内野王人太常陸乂兄也性高明而率至爲賈充所親待山濤爲左僕射領選濤行業既與充異自以爲世祖所敬選用之事與充咨論充每不得其所欲好事者説充宜授心腹人爲吏部尚書參同選舉若意不齊事不得諧可不召公與選而實得敍所懷充以爲然乃啟亮公忠無私濤以亮將與己異又恐其協情不允累啟亮可爲左丞相非選官才世祖不許濤乃辭疾還家亮在職果不能允坐事免官

嵇康被誅後山公舉康子紹爲秘書丞山公啟事曰詔選秘書丞濤薦曰紹平簡溫敏有文思又曉音當成濟也猶宜先作秘書郎詔曰紹如此便可

爲丞不足復爲郎也晉諸公贊曰康遇事後二十年紹乃爲濤所拔王隱晉書曰時以紹父康彼法選官不敢舉年二十八山濤啟用之世祖發詔以爲秘書丞紹咨公出處竹林七賢論曰紹懼不自容將解褐故咨之於濤公曰爲君思之久矣天地四時猶有消息而況人乎王隱晉書曰紹字延祖雅有文才山濤啟武帝云云

王安期爲東海郡名士傳曰王承字安期太原晉陽人父湛汝南太守承冲淡寡欲無所循尚累遷東海內史爲政清靜吏民懷之避亂渡江是時道路寇盜人懷憂懼承每遇艱險處之怡然元皇爲鎮東引爲從事中郎小吏盜池中魚綱紀

推之王曰文王之囿與衆共之孟子曰齊宣王問文王之囿方七十里有諸若是其大乎對曰民猶以爲小也王曰寡人之囿方四十里民猶以爲大何邪孟子曰文王之囿芻蕘者往焉與民同之民以爲小不亦宜乎今王之囿殺麋鹿者如殺人罪是以四十里爲穽於國中也民以爲大不亦宜乎池魚復何足惜

王安期作東海郡吏錄一犯夜人來王問何處來云從師家受書還不覺日晚王曰鞭撻甯越以立威名恐非致理之本呂氏春秋曰甯越者中牟鄙人也苦耕稼之勞謂其友曰何爲可以免此苦也其友曰莫如學也學三十歲則可以達矣甯越曰請以十

五歲人將休吾不敢休人將臥吾不使吏送令
敢臥學十五歲而爲周威公之師也
歸家

成帝在石頭晉世譜曰帝諱衍字世根
明帝太子年二十二崩任讓在
帝前戮侍中鍾雅晉陽秋曰讓樂安人諸任之
後隨蘇峻作亂雅別傳曰雅
字彥胄潁川長社人魏太傅鍾繇弟
仲常曾孫也少有才志累遷至侍中右衞將軍
劉超晉陽秋曰超字世踰琅邪人漢成陽景王
六世孫封臨沂慈鄉侯遂家焉父徵爲琅
邪國上將軍超爲縣小吏稍遷記室掾安東舍
人忠淸愼密爲中宗所拔自以職在中書絕不
與人交關書疏閉門不通賓客家無擔石之儲
討王敦有功封零陽伯爲義興太守而受拜及

往還輒莫有知者其慎默如此遷右衛大將軍帝泣曰還我侍中讓不
奉詔遂斬超雅雅別傳曰蘇峻逼主上幸石頭雅與劉超並侍帝側匡衛與石頭中人密期拔至尊出事覺被害事平之後陶公與讓有舊欲
宥之許柳許氏譜曰柳字季祖高陽人祖允魏中領軍父猛吏部郎劉謙之晉紀曰柳妻祖逖子渙女蘇峻招祖約爲逆約遣以衆會峻既克京師拜丹陽尹後以罪誅柳兒
思妣者至佳諸公欲全之許氏譜曰永字思妣若全思妣
則不得不爲陶全讓於是欲并宥之事奏帝曰
讓是殺我侍中者不可宥諸公以少主不可違

如此爲佞亦足稱政事耶

并斬二人

王丞相拜揚州賓客數百人並加霑接人人有說色唯有臨海一客姓任語林曰任名顒時官在都預王公坐及數胡人爲未洽公因便還到過任邊云君出臨海便無復人任大喜說因過胡人前彈指云蘭闍蘭闍羣胡同笑四坐並懽晉陽秋曰王導接誘應會少有悟者雖疎交常賓一見多輸寫款誠自謂爲導所遇同之舊暱

陸太尉詣王丞相咨事過後輒翻異王公怪其

民乃陸自稱之辭

如此後以問陸陸玩別傳曰玩字士瑤吳郡吳人祖瑁父英仕郡有譽玩器量淹雅累遷侍中尚書左僕射尚書令贈太尉陸曰公長民短臨時不知所言既後覺其不可耳

丞相嘗夏月至石頭看庾公庾公正料事丞相云暑可小簡之庾公曰公之遺事天下亦未以爲允殷羨言行曰王公薨後庾冰代相網密刑峻羨時行遇收捕者於途慨然歎曰丙吉問牛喘似不爾嘗從容謂冰曰卿輩自是綱目不失皆是小道小善耳至如王公故能行無理事謝安石每歎詠此唱庾赤玉曾問羨王公治何似詎是所長羨曰其餘令績不復稱論然三

當其時武自有見以為政事從則不可

捉三治三休三敗

丞相末年略不復省事正封籙諾之自歎曰人言我憒憒後人當思此憒憒徐廣歷紀曰導阿衡三世經綸夷險政務寬恕事從簡易故垂遺愛之譽也

陶公性檢厲勤於事晉陽秋曰侃練核庶事勤務稼穡雖戎陳武士皆勸厲之有奉饋者皆問所由若力役所致懽喜慰賜若他所得則呵還之是以軍民勤於農稼家給人足性纖密好問頗類趙廣漢嘗課營種柳都尉夏施盜拔武昌郡西門所種侃後自出駐車施門問此是武昌西門柳何以盜之施惶怖首伏三軍稱其明察侃勤而整自強不息又好

謂說連竹
根用爲篙
以代鐵足

督勸於人常云民生在勤大禹聖人猶惜寸陰
至於凡俗當惜分陰豈可遊逸生無益於時死
無聞於後是自棄也又老莊浮華非先王之法
言而不敢行君子當正其衣冠攝以威儀何有
亂頭養望自謂宏達邪中興書曰侃嘗檢校佐
吏若得樗蒱博奕之具投之曰樗蒱老子入胡
所作外國戲耳圍棊堯舜以教愚子博奕紂所
造諸若國器何以爲此若王事之暇患邑邑者
文士何不讀書武士何
不射弓談者無以易也作荊州時敕船官悉錄
鋸木屑不限多少咸不解此意後正會値積雪
始晴聽事前除雪後猶濕於是悉用木屑覆之
都無所妨官用竹皆令錄厚頭積之如山後桓

世說卷二　政事　四十一

非此解殊不喻

宣武伐蜀裝船悉以作釘又云嘗發所在竹篙有一官長連根取之仍當足乃超兩階用之

何驃騎作會稽晉陽秋曰何充字次道廬江人思韻淹通有文義才情累遷會稽內史侍中驃騎將軍揚州刺史贈司徒虞存弟謇作郡主簿孫統存誄敘曰存字道長會稽山陰人也祖陽散騎常侍父偉州西曹存幼而卓拔風情高逸歷衛軍長史尚書吏部郎范汪碁品曰謇字道真仕至郡功曹以何見客勞損欲白斷常客使家人節量擇可通者作白事成以見存存時爲何上佐正與謇共食語云白事甚好

譏甚是然亦
非所謂政事

待我食畢作教食竟取筆題白事後云若得門庭長如郭林宗者當如所白泰別傳曰泰字林宗有人倫鑒識題品海內之士或在幼童或在里肆後皆成英彥六十餘人自著書一卷論取士之本未行遭亂亡失汝何處得此人譽於是止

王劉與林公共看何驃騎驃騎看文書不顧之晉陽秋曰何充與王濛劉惔好尚不同由此見譏於當世王謂何曰我今故與林公來相看望卿擺撥常務應對玄言那得方低頭看此邪何曰我不看此卿等何以得存

簡文能言謝安石以爲惠帝之流其當坐此

諸人以爲佳

桓公在荊州全欲以德被江漢恥以威刑肅物温別傳曰温以永和元年自徐州遷荊州刺史在州寬和百姓安之令史受杖正從朱衣上過桓式年少從外來式歆小字桓氏譜曰歆字叔道温第三子仕至尚書云向從閤下過見令史受杖上捎雲根下拂地足意譏不著桓公云我猶患其重

簡文爲相事動經年然後得過桓公甚患其遲常加勸勉太宗曰一日萬機那得速尚書皐陶謨一日萬

一日萬機丕欲速

謂求爲代也

不是乘漢

機孔安國曰幾微也
言當戒懼萬事之微
山遐去東陽王長史就簡文索東陽云承藉猛
政故可以和靜致治東陽記云遐字彥林河內
人祖濤司徒父簡儀同三
司遐歷武陵王友東陽太守江惇傳曰山遐爲
東陽風政嚴苛多任刑殺郡內苦之惇隱東陽
以仁恕懷物遐感
其德爲微損威猛
殷浩始作揚州浩別傳曰浩字淵源陳郡長平
人祖識濮陽相父羨光祿勳浩
少有重名仕至揚州刺史中軍將軍中興書曰
建元初庾亮兄弟何充等相尋薨太宗以撫軍
輔政徵浩爲揚
州從民譽也劉尹行日小欲晚便使左右取

襆被也

此語有可有不可游手淘可容軍匈不可忽也

襆人問其故答曰刺史嚴不敢夜行

謝公時兵厮逋亡多近竄南塘下諸舫中或欲求一時搜索謝公不許云若不容置此輩何以爲京都 續晉陽秋曰自中原喪亂民離本域江左造創豪族并兼或客寓流離名籍不立太元中外禦強氐蒐簡民實三吳頗加澄檢正其里伍其中時有山湖遁逸往來都邑者後將軍安方接客時人有於坐言宜糺舍藏之失者安每以厚德化物去其煩細又以強寇入境不宜加動人情乃答之云卿所憂在於客耳然不爾何以爲京都言者有慚色

王大爲吏部郎 王忱已見 嘗作選草臨當奏王僧彌

來聊出示之。僧彌，王珉小字。珉別傳曰：珉字季琰，琅邪人，丞相導孫，中領軍洽少子。有才藝，善行書，名出兄珣右。累遷侍中、中書令，贈太常。僧彌得便以己意改易所選者近半，王大甚以爲佳，更寫即奏。

王東亭與張冠軍善。張玄已見。王既作吳郡，人問小令曰：續晉陽秋曰：王獻之爲中書令，王珉代之，時人曰大小王令。「東亭作郡，風政何似？」答曰：「不知治化何如，唯與張祖希情好日隆耳。」

殷仲堪當之荊州，王東亭問曰：「德以居全爲稱仁以不害物爲名方今宰牧華夏處殺戮之職與本操將不乖乎般答曰臯陶造刑辟之制不爲不賢古史考曰庭堅號曰臯陶舜謀臣也舜舉之於堯堯令作士主刑孔丘居司寇之任未爲不仁家語曰孔子自魯司空爲大司寇七日而誅亂法大夫少正卯

文學上

鄭玄在馬融門下融自敘曰融字季長右扶風茂陵人少而好問學無常師大將軍鄧騭召爲舍人棄遊武都會羌虜猋自隴以西道斷融以謂古人有言左手據天下之

圖而右手刎其喉愚夫不爲何則生貴於天下也豈以曲俗咫尺爲羞滅無限之身哉因往應之爲校書郎出爲南郡太守三年不得相見高足弟子傳授而已嘗筭渾天不合諸弟子莫能解或言玄能者融召令筭一轉便決衆咸駭服及玄業成辭歸旣而融有禮樂皆東之歎高士傳曰玄字康成北海高密人八世祖崇漢尚書玄別傳曰玄少好學書數十三誦五經好天文古候風雨隱術年十七見大風起詣縣曰某時當有火災至時果然智者異之年二十一博極羣書精歷數圖緯之言兼精筭術遂去吏師故兗州刺史第五元先就東郡張恭祖受周禮禮記春秋傳周流博觀每經歷山

川及接顏一見皆終身不忘扶風馬季長以英
儒著名玄往從之叅考同異季長后戚㛐於待
士玄不得見住左右自起精廬既因紹介得遍
時涿郡盧子幹爲門人冠首季長又不解剖裂
七事玄思得五子幹得三季長謂子幹曰吾與
汝皆弗如也季長臨別執玄手曰大道東矣子
勉之後遇黨錮隱居著述凡百餘萬言大將軍
何進辟玄乃縫掖相見玄長八尺餘鬚眉美秀
姿容甚偉進待以賓禮授以几杖玄多所匡正
不用而退袁紹辟玄及去餞之城東欲玄必醉
會者三百餘人皆離席奉觴自旦及莫度玄飲
三百餘桮而溫克之容終日無怠獻帝在許都
徵爲大司農行至元城卒
恐玄擅名而心忌焉玄亦疑有追
乃坐橋下在水上據屐融果轉式逐之告左右

式所以卜追也其兆如此故知其死而不知其生於遁道之術也

皆其門人互相神聖所傳不足多辨

註駁甚正

曰玄在土下水上而據木此必死矣遂罷追玄竟以得免馬融海門大儒被服仁義鄭玄名列門人親傳其業何猜忌而行鴆毒乎委巷之言賊夫人之子

鄭玄欲注春秋傳尚未成時行與服子愼遇宿客舍先未相識服在外車上與人說已注傳意漢南紀曰服虔字子愼河南滎陽人少行清苦爲諸生尤明春秋左氏傳爲作訓解舉孝廉爲尚書郎九江太守玄聽之良久多與已同玄就車與語曰吾久欲注尚未了聽君向言多與吾同今當

盡以所注與君遂爲服氏注

鄭玄家奴婢皆讀書嘗使一婢不稱旨將撻之方自陳説玄怒使人曳箸泥中須臾復有一婢來問曰胡爲乎泥中衛式微詩也毛公曰泥中衛邑名也答曰薄言往愬逢彼之怒衛邶柏舟之詩

服虔既善春秋將爲注欲參考同異聞崔烈集門生講傳摯虞文章志曰烈字威考高陽安平人駰之孫瑗之兄子也靈帝時官至司徒太尉封陽平亭矦遂匿姓名爲烈門人賃作食每當

令人畏至此那得不爲所中

至講時輒竊聽戶壁間既知不能踰已稍共諸生敘其短長烈聞不測何人然素聞虔名意疑之明蚤往及未寤便呼子愼子愼虔不覺驚應遂相與友善

鍾會撰四本論始畢甚欲使嵇公一見置懷中既定畏其難懷不敢出於戶外遙擲便回急走魏志曰會論才性同異傳於世四本者言才性同才性異才性合才性離也尚書傅嘏論同中書令李豐論異侍郎鍾會論合屯騎校尉王廣論合文多不載

此清言始禍

何晏爲吏部尚書，有位望，時談客盈坐。文章敘錄曰：晏能清言，而當時權勢，天下談士多宗尚之。魏氏春秋曰：晏少有異才，善談易、老。王弼未弱冠往見之。晏聞弼名，弼別傳曰：弼字輔嗣，山陽高平人。少而察惠，十餘歲便好莊、老，通辯能言，爲傅嘏所知。吏部尚書何晏甚奇之，題之曰：「後生可畏，若斯人者，可與言天人之際矣。」以弼補臺郎。弼事功雅非所長，益不留意，頗以所長笑人，故爲時事所嫉。又爲人淺而不識物情，初與王黎、荀融善，黎奪其黄門郎，於是恨黎，與融亦不終好。正始中，以公事免。其秋遇癘疾亡，時年二十四。弼之卒也，晉景帝嗟歎之累日，曰：「天喪予！」其爲高識悼惜如此。因條向者勝理語弼曰：「此理僕以爲極，可得

看得又别

復難不弼便作難一坐人便以爲屈於是弼自爲客主數番皆一坐所不及

何平叔注老子始成詣王輔嗣見王注精奇迺神伏曰若斯人可與論天人之際矣因以所注爲道德二論魏氏春秋曰弼論道約美不如晏自然出拔過之

王輔嗣弱冠詣裴徽永嘉流人名曰徽字文季河東聞喜人太常潛少弟也仕至冀州刺史徽問曰夫無者誠萬物之所資聖人莫肯致言而老子申之無已何邪弼别傳曰弼父爲尚書郎

弼明老莊此言似爲退一含恐非本色

裴徽爲吏部郎徽見異之故問弼曰聖人體無無又不可以訓故言必及有老莊未免於有恒訓其所不足

傅嘏善言虛勝魏志曰嘏字蘭碩北地泥陽人傅介子之後也累遷河南尹尚書嘏嘗論才性同異鍾會集而論之傅子曰嘏旣達治好正而有淸理識要如論才性原本精微鮮能及之司隸鍾會年甚少嘏以明知交會荀粲談尚玄遠粲別傳曰粲字奉倩潁川潁陰人太尉彧少子也粲諸兄儒術論議各知名粲能言玄遠常以子貢稱夫子之言性與天道不可得而聞也然則六籍雖存固聖人之糠秕能言者不能屈每至共語有爭而不相喻裴冀州釋二家之義通彼我

作但應之

之懷常使兩情皆得彼此俱暢粲別傳曰粲太和初到京邑與傅嘏談善名理而粲尚玄遠宗致雖同倉卒時或格而不相得意裴徽通彼我之懷爲二家釋頃之粲與嘏善管輅傳曰裴使君有高才逸度善言玄妙也

何晏注老子未畢見王弼自說注老子旨何意多所短不復得作聲但應諾諾遂不復注因作道德論文章敘錄曰自儒者論以老子非聖人絕禮棄學晏說與聖人同著論行於世也

中朝時有懷道之流有詣王夷甫咨疑者值王

昨已語多小極不復相酬答乃謂客曰身今少惡裴逸民亦近在此君可往問晉諸公贊曰裴頠談理與王夷甫不相推下

裴成公作崇有論時人攻難之莫能折唯王夷甫來如小屈時人即以王理難裴理還復申晉諸公贊曰自魏太常夏侯玄步兵校尉阮籍等皆著道德論于時侍中樂廣吏部郎劉漢亦體道而言約尚書令王夷甫講理而才虛散騎常侍戴奧以學道爲業後進庾敳之徒皆希慕簡曠頠疾世俗尚虛無之理故著崇有二論以折之才博喻廣學者不能究後樂廣與頠清閑欲說

天字作大

理而頗辭喻豐博廣自以體虛無笑而不復言惠帝起居注曰頗著二論以規虛誕之弊文詞精富爲世名論

諸葛厷年少不肯學問始與王夷甫談便已超詣王歎曰卿天才卓出若復小加研尋一無所愧厷後看莊老更與王語便足相抗衡王隱晉書曰厷字茂遠琅邪人魏雍州刺史緒之子有逸才仕至司空主簿

衛玠總角時問樂令夢樂云是想衛曰形神所不接而夢豈是想邪樂云因也未嘗夢乘車入

㪉字作取

言其有疑必求剖釋不留以成疾

鼠穴擣韲噉鐵杵皆無想無因故也周禮有六夢一曰正夢謂無所感動平安而夢也二曰噩夢謂驚愕而夢也三曰思夢謂覺時所思念也四曰寤夢謂覺時道之而夢也五曰喜夢謂喜說而夢也六曰懼夢謂恐懼而夢也按樂所言想者蓋思夢也因者蓋正夢也衛思因經日不得遂成病樂聞故命駕爲剖析之衛即小差樂歎曰此兒胸中當必無膏肓之疾春秋傳曰晉景公有疾求醫於秦秦伯使醫緩爲之未至公夢疾爲二豎子曰彼良醫也懼傷我焉其一曰居肓之上膏之下若我何醫至曰疾不可爲也在肓之上膏之下攻之不可達刺之不可及藥不至焉公曰良醫也注肓鬲也心下爲膏

何是讀莊子注

此時諸道人乃未知此、我輩禪也在達摩前

此皆禪机轉語

註名理甚精

庾子嵩讀莊子，開卷一尺許便放去，曰：了不異人意。晉陽秋曰：庾敳字子嵩，潁川人，侍中峻第三子。恢廓有度量，自謂是老莊之徒。曰：昔未讀此書，意嘗謂至理如此；今見之，正與人意暗同。仕至豫州長史。

客問樂令旨不至者，樂亦不復剖析文句，直以麈尾柄确几曰：至不？客曰：至。樂因又舉麈尾曰：若至者，那得去？夫藏舟潛往，交臂恒謝，一息不留，忽焉生滅。故飛鳥之影，莫見其移；馳車之輪，曾不掩地。是以去不去矣，庸有至乎？至不至矣，庸有去乎？然則前至不異後至，至名所以生；前去不異後去，去名所以立。今天下無去矣，而去者非假哉？既爲假矣，而至者豈

爲實哉

於是客乃悟服樂辭約而旨達皆此類

初注莊子者數十家莫能究其旨要向秀於舊注外爲解義妙析奇致大暢玄風秀別傳曰秀與嵇康呂安爲友趣舍不同嵇康傲世不羈安放逸邁俗而秀雅好讀書二子頗以此嗤之後秀將注莊子先以告康安康安咸曰此書詎復須注徒棄人作樂事耳及成以示二子康曰爾故復勝不安乃驚曰莊周不死矣後注周易大義可觀而與漢世諸儒互有彼此未若隱莊之絕倫也秀本傳或言秀遊託數賢蕭屑卒歲都無注述唯好莊子聊應崔譔所注以備遺忘云竹林七賢論云秀爲此義讀之者無不超然若已出塵埃而窺絕冥始了視聽之表有神德玄哲能遺天下

外萬物雖復使動競之人顧觀所狥皆悵然自有振拔之情矣唯秋水至樂二篇未竟而秀卒秀子幼義遂零落然猶有別本郭象者爲人薄行有儁才文士傳曰象字子玄河南人少有才理慕道好學記志老莊時人咸以爲王弼之亞辟司空掾太傅主簿見秀義不傳於世遂竊以爲已注乃自注秋水至樂二篇又易馬蹄一篇其餘衆篇或定點文句而已文士傳曰象作莊子注最有清辭遒旨後秀義別本出故今有向郭二莊其義一也

將無同正是一言耳何謂三

阮宣子有令聞太尉王夷甫見而問曰老莊與聖教同異對曰將無同太尉善其言辟之爲掾世謂三語掾衛玠嘲之曰一言可辟何假於三宣子曰苟是天下人望亦可無言而辟復何假一遂相與爲友名士傳曰阮脩字宣子陳留尉氏人好老易能言理不喜見俗人時誤相逢輒舍去傲然無營家無儋石之儲晏如也琅邪王處仲爲鴻臚卿謂曰鴻臚丞差有祿卿常無食能作不脩曰爲復可耳遂爲鴻臚丞太子洗馬

裴散騎娶王太尉女婚後三日諸壻大會晉諸公贊

此豈王夷甫口中語可咲可惜市门婦所不道

曰裴遐字叔道河東人父綽長水校尉遐少有理稱辟司空掾散騎郎永嘉流人名衍字夷甫第四女適遐也當時名士王裴子弟悉集郭子玄在坐挑與裴談子玄才甚豐贍始數交未快郭陳張甚盛裴徐理前語理致甚微四坐咨嗟稱快鄧粲晉紀曰遐以辯論爲業善敘名理辭氣清暢泠然若琴瑟聞其言者知與不知無不歎服王亦以爲奇謂諸人曰君輩勿爲爾將受困寡人女壻

衛玠始渡江見王大將軍敦別傳曰敦字處仲琅邪臨沂人少有名

都不是看殺是極論

理累遷青州刺史避地江左歷侍中丞相大將軍揚州牧以罪伏誅因夜坐大將軍命謝幼輿晉陽秋曰謝鯤字幼輿陳郡人父衡晉碩儒鯤性通簡好老易善音樂以琴書爲業避亂江東爲豫章太守王敦引爲長史鯤別傳曰鯤四十三卒贈太常玠見謝甚説之都不復顧王遂達旦微言王永夕不得豫玠體素羸恒爲母所禁爾夕忽極於此病篤遂不起玠別傳曰玠少有名理善易老自抱羸疾初不於外擅相酬對時友歎曰衛君不言言必入眞武昌見大將軍王敦敦與談論咨嗟不已

舊云王丞相過江左止道聲無哀樂嵇康聲無哀樂論略

曰夫殊方異俗歌笑不同使錯而用之或聞哭而懽或聽歌而戚然哀樂之情均也今用均同之情發萬殊之聲斯非音聲之無常乎

養生 嵇叔夜養生論曰夫蝨著頭而黑麝食柏而香頭處險而瘦齒居晉而黃豈唯蒸之使重無使輕芬之使香勿使延哉誠能蒸以靈芝潤以醴泉無為自得體妙心玄庶與羨門比壽王喬爭年何為不可養生哉

言盡意 歐陽堅石言盡意論略曰夫理得於心非言不暢物定於彼非名不辨名逐物而遷言因理而變不得相與為二矣苟無其二言無不盡矣

三理而已然宛轉關生無所不入

殷中軍為庾公長史 按庾亮僚屬名及中興書浩為亮司馬非為長史也

世說身字時或可献

此言太祖丘仲祖何肯談出柘下

下都王丞相爲之集桓公王長史王藍田王述別傳曰述字懷祖太原晉陽人祖湛父承並有高名述蚤孤事親孝謹簞瓢陋巷晏安永日由是爲有識所知襲爵藍田侯謝鎮西竝在丞相自起解帳帶麈尾語殷曰身今日當與君共談析理既共清言遂達三更丞相與殷共相往反其餘諸賢略無所關既彼我相盡丞相乃歎曰向來語乃竟未知理源所歸至於辭喻不相負正始之音正當爾耳明旦桓宣武語人曰昨夜聽殷王清言甚

豈有所不可以爾形容不暇舊之態當有此

佳仁祖亦不寂寞我亦時復造心顧看兩王掾

王濛王述並爲王導所辟輒翣如生母狗馨

世說新語

文學 下

殷中軍見佛經云理亦應阿堵上佛經之行中國尚矣莫詳其始牟子曰漢明帝夜夢神人身有日光明日博問羣臣通人傅毅對曰臣聞天竺有道者號曰佛輕舉能飛身有日光殆將其神也於是遣羽林將軍秦景博士弟子王遵等十二人之大月氏國寫取佛經四十二部在蘭臺石室劉子政列仙傳曰歷觀百家之中以相檢驗得仙者百四十六人其七十四人已在佛經故撰得七十可以多聞博識者遐觀焉如此即漢成哀之間已有經矣與牟子傳記便爲不同魏略西戎傳曰天竺城中有臨兒國浮屠經云其國王生

浮圖浮圖者太子也父曰屑頭邪母曰莫邪浮屠者身服色黄髮如青絲爪如銅其母夢白象而孕及生從右脅出而有髻墜地能行七步天竺又有神人曰沙律昔漢哀帝元壽元年博士弟子景慮受大月氏王使伊存口傳浮屠經曰復豆者其人也漢武故事曰昆邪王殺休屠王以其衆來降得其金人之神置之甘泉宫金人皆長丈餘其祭不用牛羊唯燒香禮拜上使依其國俗祀之此神全類於佛豈當漢武之時其經未行於中土而但神明事之邪故驗劉向魚豢之說佛至自哀成之世則明矣然則牟傳所言四十二者其文今存非妄益明帝遣使廣求異聞非是時無經也

謝安年少時請阮光禄道白馬論孔叢子曰公孫龍云白馬

謝公猶然汎定人乎

褚北人孫南人

牖中窺日外面光顯處視月鋪隙透

非馬馬所以命形白所以命色夫命色非命形故曰白馬非馬爲論以示謝于時謝不即解阮語重相咨盡阮乃歎曰非但能言人不可得正索解人亦不得中興書曰裕甚精論難

褚季野語孫安國褚裒孫盛竝已見云北人學問淵綜廣博孫答曰南人學問清通簡要支道林聞之曰聖賢固所忘言自中人以還北人看書如顯處視月南人學問如牖中窺日支所言但譬成孫褚之理也然則學廣則難周難周則識闇故如顯處視月也學寡則易覈易覈則智明故如牖中窺日也

此言戲劉雖善攻不能當己之墨守

劉眞長與殷淵源談，劉理如小屈，殷曰：「惡卿不欲作將善雲梯仰攻。」墨子曰：公輸般爲高雲梯，欲以攻宋。墨子聞之，自魯往，裂裳裹足，日夜不休，十日十夜而至於郢。見楚王曰：聞大王將攻宋，有之乎？王曰：然。墨子曰：請令公輸般設攻宋之具，臣請試守之。於是公輸般設攻宋之計，墨子縈帶守之。輸九攻之，而墨子九卻之，不能入，遂輟兵。

殷中軍云：「康伯未得我牙後慧。」浩別傳曰：浩善老易，能清言。康伯，浩甥也，甚愛之。

謝鎭西少時，聞殷浩能清言，故往造之。殷未過

作如此禪語
又似可厭

此等政不必
解註似癡人
前說夢寧是
孝標手段

有所通爲謝標榜諸義作數百語既有佳致兼辭條豐蔚甚足以動心駭聽謝注神傾意不覺流汗交面殷徐語左右取手巾與謝郎拭面按殷浩大謝尚三歲便是時流或當貴其勝致故爲之揮汗

宣武集諸名勝講易易乾鑿度曰孔子曰易者易也變易也不易也三成德爲道包籥者易也其德也光明四通日月星辰布八卦序四時和也變也者天地不變不能成朝夫婦不變不能成家不易者其位也天在上地在下君南面臣北面父坐子伏此其不易也故易者天地人道也鄭玄序易曰易之爲名也一言而函三義簡易一也變易二也不易三

也繫辭曰乾坤易之蘊也易之門戶也又曰乾確然示人易矣坤隤然示人簡矣易則易知簡則易從此言其簡易法則也又曰其爲道也屢遷變動不居周流六虛上下無常剛柔相易不可以爲典要唯變所適此則言其從時出入移動也又曰天尊地卑乾坤定矣卑高以陳貴賤位矣動靜有爲剛柔斷矣此則言其張設布列不易也據此三義而說易之道廣矣大矣曰

說一卦簡文欲聽聞此便還曰義自當有難易其以一卦爲限邪

有北來道人好才理與林公相遇於瓦官寺講小品于時竺法深孫興公悉共聽此道人語屢

深謂禪家多難問今何不言

亦是何等注流傳之後世

設疑難林公辯答清析辭氣俱爽此道人每輒摧屈孫問深公上人當是逆風家向來何以都不言（庾法暢人物論曰法深學義淵博名聲蚤著弘道法師也）深公笑而不答林公曰白旃檀非不馥焉能逆風（成實論曰波利質多天樹其香則逆風而聞）深公得此義夷然不屑

孫安國往殷中軍許共論往反精苦客主無間左右進食冷而復煗者數四彼我奮擲麈尾悉脫落滿餐飯中賓主遂至莫忘食殷乃語孫曰

何至作對罵

卿莫作強口馬我當穿卿鼻孫曰卿不見決鼻牛人當穿卿頰續晉陽秋曰孫盛善理義時中軍將軍殷浩擅名一時能與劇談相抗者唯盛而已

莊子逍遙篇舊是難處諸名賢所可鑽味而不能拔理於郭向之外支道林在白馬寺中將馮太常共語馮氏譜曰馮懷字祖思長樂人歷太常護國將軍因及逍遙支卓然標新理於二家之表立異義於衆賢之外皆是諸名賢尋味之所不得後遂用支理向子

支論有何高妙而稱道甚至

此論亦新奇可備一種莊註

則郭子玄逍遥義曰夫大鵬之上九萬尺鷃之起榆枋小大雖差各任其性苟當其分逍遥一也然物之芸芸同資有待得其所待然後逍遥耳唯聖人與物冥而循大變爲能無待而常通豈獨自通而已又從有待者不失其所待不失則同於大通矣支氏逍遥論曰夫逍遥者明至人之心也莊生建言大道而寄指鵬鷃鵬以營生之路曠故失適於體外鷃以在近而笑遠有矜伐於心内至人乘天正而高興遊無窮於放浪物物而不物於物則遥然不我得玄感不爲不疾而速則逍然靡不適此所以爲逍遥也若夫有欲當其所足足於所足快然有似天眞猶饑者一飽渴者一盈豈忘烝嘗於糗糧絶觴爵於醪醴哉苟非至足豈所以逍遥乎此向郭之注所未盡

四本論也

殷中軍（浩也）嘗至劉尹所清言良久殷理小屈遊辭不已劉亦不復答殷去後乃云田舍兒強學人作爾馨語（劉惔已見）

殷中軍雖思慮通長然於才性偏精忽言及四本便苦湯池鐵城無可攻之勢（神農書曰夫有石城七仞湯池百步帶甲百萬而無粟者不能自固也）

支道林造卽色論（支道林集妙觀章云夫色之性也不自有色色不自有雖色而空故曰色卽爲空色復異空）論成示王中郎（王坦之已見）中郎

殆未是維摩詰也

領域未喻

都無言支曰默而識之乎論語曰默而識之誨人不倦何有於我哉王曰既無文殊誰能見賞維摩詰經曰文殊師利問維摩詰云何者是菩薩入不二法門時維摩詰默然無言文殊師利歎曰是眞入不二法門也

王逸少作會稽初至支道林在焉孫興公謂王曰支道林拔新領異胸懷所及乃自佳卿欲見不王本自有一往雋氣殊自輕之後孫興支共載往王許王都領域不與交言須臾支退後正值王當行車已在門支語王曰君未可去貧道

意謂大乘與最上乘總是一乘故云正當得兩詮似未喻

與君小語因論莊子逍遙遊支作數千言才藻
新奇花爛映發王遂披襟解帶留連不能已支法
師傳曰法師研十地則知頓悟於七住尋莊周
則辯聖人之道逍遙當時名勝咸味其音旨道賢
論以七沙門比竹林七賢遁比向秀
雅尚莊老二子異時風尚玄同也
三乘佛家滯義支道林分判使三乘炳然諸人
在下坐聽皆云可通支下坐自共說正當得兩
入三便亂今義弟子雖傳猶不盡得法華經曰三乘者一
曰聲聞乘二曰緣覺乘三曰菩薩乘聲聞者悟
四諦而得道也緣覺者悟因緣而得道也菩薩

者行六度而得道也然則羅漢得道全由佛教故以聲聞爲名也辟支佛得道或聞因緣而解或聽環珮而得悟神能獨達故以緣覺爲名也菩薩者大道之人也方便則止行六度眞教則通修萬善功不爲已志存廣濟故以大道爲名也

許掾詢也年少時人以比王苟子苟子王脩小字也文字志曰脩字敬仁太原晉陽人父濛司徒左長史脩明秀有美稱善隸行書號曰流奕清舉起家著作佐郎瑯邪王文學轉中軍司馬未拜而卒時年二十四昔王弼之沒與脩同年故脩弟熙乃歎曰無愧於古人而年與之齊也許大不平時諸人士及於法師並在會稽西寺講王亦在焉許意甚忿便往西

此亦可入賢媛

寺與王論理，共决優劣。苦相折挫，王遂大屈。許復執王理，王執許理，更相覆疏，王復屈。許謂支法師曰：「弟子向語何似？」支從容曰：「君語佳則佳矣，何至相苦邪？豈是求理中之談哉！」

林道人詣謝公，東陽時始總角，新病起，體未堪勞，與林公講論，遂至相苦。東陽，謝朗也。已見。中興書曰：朗博涉有逸才，善言玄理。母王夫人在壁後聽之，再遣信令還，而太傅留之。王夫人因自出，云：「新婦少遭家難，一

理誠有之多以辭勝偏曲未有不通也

生所寄唯在此兒因流涕抱兒以歸謝公語同坐曰家嫂辭情忼慨致可傳述恨不使朝士見謝氏譜曰朗父據取太康王韜女名綏

支道林許掾諸人共在會稽王齋頭簡文支爲法師許爲都講高逸沙門傳曰道林時講維摩詰經支通一義四坐莫不厭心許送一難衆人莫不抃舞但共嗟咏二家之美不辯其理之所在

謝車騎在安西艱中安西謝奕已見林道人往就語將

此何足載

豈無此等亦纖靖流

夕乃退有人道上見者問云公何處來答云今日與謝孝劇談一出來玄別傳曰玄能清言善名理

支道林初從東出住東安寺中高逸沙門傳曰遁居會稽晉哀帝欽其風味遣中使至東迎之遁遂辭丘壑高步大邑王長史宿構精理并撰其才藻往與支語不大當對王敍致作數百語自謂是名理奇藻支徐徐謂曰身與君別多年君義言了不長進王大慚而退

殷中軍讀小品釋氏辨空經有詳者焉有略者焉詳者爲大品略者爲小品

逸少攬林公如此足稍欲門徒傳之貽咲

下二百籤皆是精微世之幽滯嘗欲與支道林辯之竟不得今小品猶存高逸沙門傳曰殷浩能言名理自以有所不達欲訪之於遁遂邂逅不遇深以爲恨其爲名識賞重如此之至焉語林曰浩於佛經有所不了故遣人迎林公林乃虛懷欲往王右軍駐之曰淵源思致淵富既未易爲敵且已所不解上人未必能通縱復服從亦名不益高若佻脫不合便喪十年所保可不須往林公亦以爲然遂止

佛經以爲祛練神明則聖人可致釋氏經曰一切衆生皆有佛性但能修智慧斷煩惱萬行具足便成佛也簡文云不知便可登峯

精字恐當作積

精字作情

此亦豈是求理于談

造極不然陶練之功尚不可誣

于法開始與支公爭名後精漸歸支意甚不分遂遁跡剡下遣弟子出都語使過會稽于時支公正講小品開戒弟子道林講比汝至當在某品中因示語攻難數十番云舊此中不可復通弟子如言詣支公正值講因謹述開意往反多時林公遂屈厲聲曰君何足復受人寄載來名德沙門題目曰于法開才辯縱橫以數術弘教高逸沙門傳曰法開初以義學著名後與支遁有

競故遁居剡縣更學醫術

殷中軍問自然無心於稟受何以正善人少惡人多諸人莫有言者劉尹答曰譬如寫水著地正自縱橫流漫略無正方圓者一時絕歎以爲名通莊子曰天籟者吹萬不同而使其自已也郭子玄注曰無旣無矣則不能生有有之未生又不能爲生然則生生者誰哉塊然而自生耳非我生也我不生物物不生我則自然而已然謂之天然天然非爲也故以天言之所以明其自然故也

康僧淵初過江未有知者恒周旋市肆乞索以

楞嚴經中具明問答但以鏡容自明殊勝此論

自嘗忽往殷淵源許值盛有賓客殷使坐麤與寒溫遂及義理語言辭旨曾無愧色領略麤舉一往參詣由是知之僧淵氏族所出未詳疑是胡人尚書令沈約撰晉書亦稱其有義學

殷謝諸人共集殷浩謝安謝因問殷眼往屬萬形萬形來入眼不成實論曰眼識不待到而知虛塵假空與明故得見色若眼到色到色間則無空明如眼觸目則不能見彼當知眼識不到而知依如此說則眼不在形不入遥屬而見也謝有問殷無答疑闕文

名言名言

有問殷中軍何以將得位而夢棺器將得財而夢矢穢殷曰官本是臭腐所以將得而夢棺屍財本是糞土所以將得而夢穢汙時稱名通

殷中軍被廢東陽浩黜廢事別見始看佛經初視維摩詰僧肇注維摩經曰維摩詰者秦言淨名蓋法身之大士見居此土以弘道也疑般若波羅密太多後見小品恨此語少波羅密此言到彼岸也經云到者有六焉一曰檀檀者施也二曰毗黎毗黎者持戒也三曰羼提羼提者忍辱也四曰尸羅尸羅者精進也五曰禪禪者定也六曰般若般若者智慧也然則五者爲舟般若爲導

作如此語更不成文

導則俱絕有相之流升無相之彼岸也故曰波羅密也淵源未暢其致少而疑其多已而究其宗多而患其少也

支道林殷淵源俱在相王許簡文相王謂二人可試一交言而才性殆是淵源崤函之固崤謂二陵之地函函谷關也並秦之險塞王者之居左思魏都賦曰崤函帝王之宅君其愼焉支初作改轍遠之數四交不覺入其玄中相王撫肩笑曰此自是其勝場安可爭鋒

謝公因子弟集聚問毛詩何句最佳遏稱曰謝玄

名情性所近非謝公識量此語為當施誰省

此纖悉曲折可尚

小字已見昔我往矣楊柳依依今我來思雨雪霏霏公曰訏謨定命遠猷辰告大雅詩也毛萇注曰訏大也謨謀也辰時也鄭玄注曰猷圖也大謀定命謂正月始和布政于邦國都鄙謂此句偏有雅人深致

張憑舉孝廉出都負其才氣謂必參時彥欲詣劉尹鄉里及同舉者共笑之張遂詣劉劉洗濯料事處之下坐唯通寒暑神意不接張欲自發無端頃之長史諸賢來清言客主有不通處張

乃遥於末坐判之言約旨遠足暢彼我之懷一坐皆驚眞長延之上坐清言彌日因留宿至曉張還劉曰卿且去正當取卿共詣撫軍張還船同侣問何處宿張笑而不答須臾眞長遣傳教覓張孝廉船同侣惋愕卽同載詣撫軍至門劉前進謂撫軍曰下官今日爲公得一太常博士妙選既前撫軍與之話言咨嗟稱善曰張憑勃窣爲理窟卽用爲太常博士宋明帝文章志曰憑字長宗吳郡人

有意氣爲鄉閭所稱學尚所得敏而有文太守以才選舉孝廉試策高第爲惔所舉補太常博士累遷吏部郎御史中丞

汰法師云六通三明同歸正異名耳○○○○安法師傳曰竺法汰者體器弘簡道情冥到法師友而善焉一說法汰郎安公弟子也經云六通者三乘之功德也一曰天眼通見遠方之色二曰天耳通聞障外之聲三曰身通飛行隱顯四曰它心通水鏡萬慮五曰宿命通神知已往六曰漏盡通慧解累世三明者解脫在心朗照三世者也然則天眼天耳身通它心漏盡此五者皆見在心之明也宿命則過去心之明也因天眼發未來之智則未來心之明也同歸異名義在斯矣

漁父傷書何足千萬

支道林、許、謝盛德共集王家，許詢、謝安、王濛。謝顧謂諸人：「今日可謂彥會，時既不可留，此集固亦難常，當共言詠以寫其懷。」許便問主人有莊子不，正得漁父一篇。莊子曰：孔子遊乎緇帷之林，休坐乎杏壇之上。孔子弦歌鼓琴，奏曲未半，有漁者下船而來，鬚眉交白，被髮揄袂，行原以上，距陸而止，左手據膝，右手持頤以聽。曲終而招子貢、子路，語曰：彼何爲者也？曰：孔氏。曰：孔氏何治？子貢曰：服忠信，行仁義，飾禮樂，選人倫，孔氏之所治也。曰：有土之君歟？曰：非也。漁父曰：仁則仁矣，恐不免其身。孔子聞而求問之，遂言八疵四病以誡孔子。謝看題，便各使四坐通。支道林先遁作七百許語敘致精麗才藻奇拔衆咸稱善於是四坐各言懷畢謝問曰卿等盡不皆曰今日之言少不自竭謝後麤難因自敘其意作萬餘語才峰秀逸文字志曰安神情秀悟善談玄理既自難干加意氣擬託蕭然自得四坐莫不厭心支謂謝曰君一往奔詣故復自佳耳

殷中軍孫安國王謝能言諸賢悉在會稽王許殷與孫共論易象妙於見形其論略曰聖人知觀器不足以達變

故表圓應於蓍龜圓應不可爲典要故寄妙迹於六爻六爻周流唯化所適故雖一畫而吉凶並彰微一則失之矣擬器託象而慶咎交著繫器則失之矣故設八卦者蓋緣化之影迹也天下者寄見之一形也圓影備未備之象一形兼未形之形故盡二儀之道不與乾坤齊妙風雨之變不與巽坎同體矣

孫語道合意氣干雲一坐咸不安孫理而辭不能屈會稽王慨然歎曰使真長來故應有以制彼即迎真長孫意已不如真長既至先令孫自敘本理孫麤說已語亦覺殊不及向劉便作二百許語辭難簡切孫理遂屈一坐

同時拊掌而笑稱美良久

僧意在瓦官寺中未詳僧意氏族所出王苟子來苟子王脩小字與共語便使其唱理意謂王曰聖人有情不王曰無重問曰聖人如柱邪王曰如籌算雖無情運之者有情僧意云誰運聖人邪苟子不得答而去諸本無僧意最後一句意疑其闕慶校衆本皆然唯一書有之故取以成其義然王修善言理如此論特不近人情猶疑斯文爲謬也

司馬太傅問謝車騎惠子其書五車何以無一

言入玄，謝曰：「故當是其妙處不傳。」莊子曰：惠施多方，其書五車，其道舛駁，其言不中。謂卵有毛，雞三足，馬有卵，犬可爲羊，火不熱，目不見，龜長於蛇，丁子有尾，白狗黑，連環可解。能勝人之口，不能服人之心，蓋辯者之囿也。

殷中軍被廢徙東陽，大讀佛經，皆精解，唯至事數處不解。事數，謂若五陰、十二入、四諦、十二因緣、五根、五九、七覺之聲。遇見一道人，問所籤，便釋然。

殷仲堪精覈玄論，人謂莫不研究。殷乃歎曰：「使我解四本，談不翅爾。」周祗隆安記曰：仲堪好學而有理思也。

四本疑爲四本論

果然

按易理精微廣大謂此非易不可執此言易又不可遠公所以笑而不答

殷荊州曾問遠公張野遠法師銘曰沙門釋惠遠鴈門樓煩人本姓賈氏世爲冠族年十二隨舅令狐氏遊學許洛年二十一欲南渡就范宣子學道阻不通遇釋道安以爲師抽簪落髮研求法藏釋曇翼每資以燈燭之費誦鑒淹遠高悟冥賾安常歎曰道流東國其在遠乎襄陽既沒振錫南遊結宇靈嶽自年六十不復出山名被流沙彼國僧衆皆稱漢地有大乘沙門每至然香禮拜輒東向致敬年八十三而終易以何爲體答曰易以感爲體殷曰銅山西崩靈鍾東應便是易耶東方朔傳曰孝武皇帝時未央宮前殿鍾無故自鳴三日三夜不止詔問太史待詔王朔朔言恐有兵氣更問東方朔朔曰臣聞銅者山之子山者銅之母以陰陽氣類言之子母相感

不答最是

山恐有崩弛者，故鐘先鳴。易曰：「鳴鶴在陰，其子和之。」精之至也。其應在後五月內。居三月，南郡太守上書言山崩，延袤二十餘里。樊英別傳曰：漢順帝時，殿下鐘鳴。問英，對曰：「蜀岷山崩，山於銅爲母，母崩子鳴，非聖朝災。」後蜀果上山崩，日月相應。二說微異，故並載之。遠公笑而不答。

羊孚弟娶王永言女。孚弟輔也。羊氏譜曰：輔字幼仁，泰山人。祖楷，尚書郎。父綏，中書郎。輔仕至衛軍功曹。娶瑯邪王訥之女，字僧首。及王家見壻，孚送弟俱在。時永言父東陽尚在，王氏譜曰：訥之字永言，瑯邪人。祖彪之，光祿大夫。父臨之，東陽太守。訥之歷尚書左丞、御史中丞。殷仲堪是東陽

言有經緯至料及三四非強支持者都根才傳

強作去聲如今俗語

女壻亦在坐殷氏譜曰仲堪娶琅邪王臨之女字英彥孚雅善理義乃與仲堪道齊物莊子篇也殷難之羊云君四番後當得見同殷笑曰乃可得盡何必相同乃至四番後一通殷咨嗟曰僕便無以相異歎爲新拔者久之

殷仲堪曰三日不讀道德經便覺舌本閒強晉安帝紀曰仲堪有思理能清言

提婆初至爲東亭第講阿毗曇出經敘曰僧伽提婆罽賓人姓

世說卷三　文學　十七

瞿曇氏僞朗有深鑒符堅至長安出諸經後渡江遠法師請譯阿毗曇遠法師阿毗曇敘曰阿毗曇心者三藏之要頌詠歌之微言源流廣大管綜衆經領其宗會故作者以心爲名焉有出家開士字法勝以阿毗曇源流廣大卒難尋究別撰斯部凡二百五十偈以爲要解號之曰心罽賓沙門僧伽提婆少玩斯文因請令譯焉阿毗曇者晉言大法也道標法師曰阿毗曇者秦言無比法也 始發講坐裁半僧彌便云都已曉即於坐分數四有意道人更就餘屋自講提婆講竟東亭問法岡道人曰法岡未詳氏族弟子都未解阿彌那得已解所得云何曰大略全是故當小未精

此是僧彌難弟處

兩語得反覆之妙

以上以玄理論文學文章另出一條從魏始蓋一目中復分兩目也

覈耳出經敘曰提婆以隆安初遊京師東亭侯王珣迎至舍講阿毗曇提婆宗致既明振發義奧王僧彌一聽便自講其明義易啟人心如此未詳年卒

桓南郡與殷荊州共談每相攻難年餘後但一兩番桓自歎才思轉退殷云此乃是君轉解周祗隆安記曰玄善言理棄郡還國常與殷荊州仲堪終日談論不輟

文帝嘗令東阿王七步中作詩不成者行大法應聲便爲詩曰煑豆持作羹漉菽以爲汁萁在釜下燃豆在釜中泣本自同根生相煎何太急

萁在釜下然豆在釜中泣十字自然不待下句妙丶

筆平順遠不必多謂為懸筆固非謂為神語亦謬直不當作耳

帝深有慚色魏志曰陳思王植字子建文帝同母弟也年十餘歲誦詩論及辭賦數萬言善屬文太祖嘗視其文曰汝倩人邪植跪曰出言爲論下筆成章顧當面試奈何倩人時鄴銅雀臺新成太祖悉將諸子登之使各爲賦植援筆立成可觀性簡易不治威儀輿馬服飾不尚華麗每見難問應聲而答太祖寵愛之幾爲太子者數矣文帝即位封鄄城侯後徙雍丘復封東阿植每求試不得而國亟遷易汲汲無權年四十一薨

魏朝封晉文王爲公備禮九錫文王固讓不受公卿將校當詣府敦喻司空鄭沖中已見馳遣信就阮籍求文籍時在袁孝尼家袁氏世紀曰準字孝尼陳郡陽

凡稱周公未見即是居攝

夏人文渙魏郎中令準忠信居正不恥下問唯恐人不勝己也世事多險故恬退不敢求進著書十萬餘言荀綽兗州記曰準有儁才大始中位給事中宿醉扶起書札爲之無所點定乃寫付使時人以爲神筆顧愷之晉文章記曰阮籍勸進落落有宏致至轉説徐而攝之也一本注阮籍勸進文略曰竊聞明公固讓中等眷眷實懷愚心以爲聖王作制百代同風褒德賞功其來久矣周公藉已成之業據旣安之勢光宅曲阜奄有龜蒙明公宜奉聖旨受茲介福也

左太冲作三都賦初成思別傳曰思字大中齊國臨淄人父雍起於筆札多所掌練爲殿中御史思蚤喪母雍憐之不甚教其書學及長博覽名文遍閱百家司空張

華辟爲祭酒賈謐舉爲秘書郎謐誅歸鄉里專思著述齊王冏請爲記室參軍不起時爲三都賦未成也後數年疾終其三都賦改定至終乃上初作蜀都賦云金馬電發於高岡碧雞振翼而雲披鬼彈飛九以礌礉火井騰光以赫曦今無鬼彈故其賦往往不同思爲人無吏幹而有文才又頗以椒房自矜故齊人不重也時人互有譏訾思意不愜後示張公張華已見張曰此二京可三然君文未重於世宜以經高名之士思乃詢求於皇甫謐王隱晉書曰謐字士安安定朝那人漢太尉嵩曾孫也祖叔獻灞陵令父叔侯舉孝廉謐族從皆累世富貴獨守寒素所養叔母歎曰昔孟母以三徙成子曾父以享家存教豈我居不卜鄰何爾

思三賦不朽士安非此序幾不傳時人薄思故肆詆彈耳士安一序何足重思而時人傳乃爾孝標於是爲無識矣

魯之甚乎修身篤學自汝得之於我何有因對之流涕謐乃感激年二十餘就鄉里席坦受書遭人而問少有寧日武帝借其書二車遂博覽太子中庶子議郎徵並不就終于家

謐見之嗟歎遂爲作敘於是先相非貳者莫不斂衽讚述焉思別傳曰思造張載問岷蜀事交接亦疎皇甫謐西州高士摯仲治宿儒知名非思倫匹劉淵林衛伯輿並蚤終皆不爲思賦序注也凡諸注解皆思自爲欲重其文故假時人名姓也

劉伶著酒德頌意氣所寄名士傳曰伶字伯倫沛鄴人肆意放蕩以宇宙爲狹常乘鹿車攜一壺酒使人荷鍤隨之云死便掘地以埋土木形骸遨遊一世竹林七

賢論曰伶處天地間悠悠蕩蕩無所用心嘗與俗士相忤其人攘袂而起欲必築之伶和其色曰雞肋豈足以當尊拳其人不覺廢然而返未嘗措意文章終其世凡著酒德頌一篇而已其辭曰有大人先生者以天地爲一朝萬朞爲須臾日月爲扃牖八荒爲庭衢行無轍迹居無室廬幕天席地縱意所如行則操卮執瓢動則挈榼提壺唯酒是務焉知其餘有貴介公子縉紳處士聞吾風聲議其所以乃奮袂攘襟怒目切齒陳說禮法是非鋒起先生於是方捧罌承槽銜杯漱醪奮髯箕踞枕麴藉糟無思無慮其樂陶陶兀然而醉慌爾而醒靜聽不聞雷霆之聲熟視不見泰山之形不覺寒暑之切肌利欲之感情俯觀萬物之擾擾如江漢之載浮萍二豪侍側焉如蜾蠃之與螟蛉

樂令善於清言而不長於手筆將讓河南尹請潘岳爲表晉陽秋曰岳字安仁滎陽人夙以才潁發名善屬文清綺絕世蔡邕未能過也仕至黃門侍郎爲孫秀所害潘云可作耳要當得君意樂爲述己所以爲讓標位二百許語潘直取錯綜便成名筆時人咸云若樂不假潘之文潘不取樂之旨則無以成斯矣

夏侯湛作周詩成文士傳曰湛字孝若譙國人魏征西將軍夏侯淵曾孫也有盛才文章巧思善補雅詞名亞潘岳歷中書侍郎湛集載其敘曰周詩者南陔白華華黍由

庾崇丘由儀六篇有其義而亡其辭湛續其亡故云周詩也示潘安仁安仁曰此非徒溫雅乃別見孝悌之性其詩曰既殷斯虔仰說洪恩夕定晨省奉朝侍昏宵中告退雞鳴在門孳孳恭誨夙夜是敦潘因此遂作家風詩岳家風詩載其宗祖之德及自戒也

孫子荊除婦服作詩以示王武子孫楚集云婦胡毋氏也其詩曰時邁不停日月電流神爽登遐忽已一周禮制有敘告除靈丘臨祠感痛中心若抽王曰未知文生於情情生於文覽之悽然增伉儷之重

廣吾室宗屬

太叔廣甚辯給而摯仲治長於翰墨俱爲列卿每至公坐廣談仲治不能對退著筆難廣廣又不能答王隱晉書曰太叔廣字季思東平人拜成都王爲太弟欲使詣洛廣子孫多在洛慮害乃自殺摯虞字仲治京兆長安人祖茂秀才父模太僕卿虞少好學師事皇甫謐善校練文義多所著述歷秘書監太常卿從惠帝至長安遂流離鄠杜間性好博古而文籍蕩盡永嘉五年洛中大饑遂饑而死虞與廣名位略同廣長口才虞長筆才俱少政事衆坐廣談虞不能對虞退筆難廣廣不能答於是更相嗤笑紛然於世廣無可記虞多所錄於斯爲勝也

江左殷太常父子並能言理亦有辯訥之異楊

浩長于談融長于筆也

此從莊子得來

州口談至劇，太常輒云：「汝更思吾論。」中興書曰：殷融字洪遠，陳郡人。桓彝有人倫鑒，見融甚歎美之。著象不盡意、大賢須易論，理義精微，談者稱焉。兄子浩亦能清言，每與浩談，有時而屈，退而著論，融更居長。爲司徒左西屬，飲酒善舞，終日嘯詠，未嘗以世務自嬰。累遷吏部尚書、太常卿，卒。

庾子嵩作意賦成，晉陽秋曰：敳永嘉中爲石勒所害。先是，敳見王室多難，知終嬰其禍，乃作意賦以寄懷。從子文康見，問曰：「若有意邪？非賦之所盡；若無意邪？復何所賦？」答曰：「正在有意無意之間。」

八字慨然不必有所起不必有所指

泓崢蕭瑟乃不成語

郭景純詩云林無靜樹川無停流王隱晉書曰郭璞字景純河東聞喜人父瑗建平太守璞別傳曰璞奇博多通文藻粲麗才學賞豫足參上流其詩賦誄頌並傳於世而訥於言造次詠語常人無異又不持儀檢形質頹索縱情嫚惰時有醉飽之失友人于令升戒之曰此伐性之斧也璞曰吾所受有分恒恐用之不盡豈酒色之能害王敦取為參軍敦縱兵都輦乃咨以大事璞極言成敗不為回屈敦忌而害之詩璞幽思篇者阮孚云阮孚別見泓崢蕭瑟實不可言每讀此文輒覺神超形越

庾闡始作揚都賦道温庾云温挺義之標庾作

作佞之備

此未詳恐有誤

似謂此張紘耳

民之望方響則金聲比德則玉亮庾公聞賦成求看兼贈貺之闡更改望爲儁以亮爲潤云中興書曰闡字仲初頴川人太尉亮之族也少孤九歲便能屬文遷散騎侍郎領大著作爲揚都賦邈絕當時五十四卒

孫興公作庾公誄袁羊曰見此張緩于時以爲名賞袁氏家傳曰喬有文才

庾仲初作揚都賦成以呈庾亮亮以親族之懷大爲其名價云可三二京四三都於此人人競

不常即非常

與蠢雜語王
有難然亦何
至狂疾、

爲都下紙爲之貴謝太傅云不得爾此是屋下架屋耳事事擬學而不免儉狹、王隱論楊雄太玄經曰玄經雖妙非益也是以古人謂其屋下架屋

習鑿齒史才不常宣武甚器之未三十便用爲荊州治中鑿齒謝牋亦云不遇明公荊州老從事耳後至都見簡文返命宣武問見相王何如答云一生不曾見此人從此忤旨出爲衡陽郡性理遂錯於病中猶作漢晉春秋品評卓逸續晉

陽秋曰鑿齒少而博學才情秀逸溫甚奇之自州從事歲中三轉至治中後以忤旨左遷戶曹參軍衡陽太守在郡著漢晉春秋斥溫覬覦之心也鑿齒集載其論略曰靜漢末累世之交爭廓九域之蒙晦大定千載之盛功者皆司馬氏也若以魏有代王之德則不足有靜亂之功則孫劉鼎立共王秦政猶不見敘於帝王況暫制數州之衆哉且漢有係周之業則晉無所承魏之迹矣春秋之時吳楚稱王若推有德彼必自係於周不推吳楚也況長轡廟堂吳蜀兩定天下之功也

孫興公云三都二京五經鼓吹言此五賦是經典之羽翼

此正不得以羽翼解鼓吹二字殊妙

謝太傅問王籓陸退陸氏譜曰退字黎民吳郡人高祖凱吳丞相祖仰吏

此等論在今世未免撫掌當時所謂名理乃爾文章一大厄也

濛脩父也

部郎父伊州主簿
遐仕至光祿大夫張憑何以作母誄而不作父
誄遐答曰故當是丈夫之德表於事行婦人之
美非誄不顯陸氏譜曰遐憑壻也
王敬仁年十三作賢人論長史送示真長真長
答云見敬仁所作論便足參微言修集載其論曰或問易稱
賢人黃裳元吉苟未能闇與理會何得不求通
求通則有損有損則元吉之稱將虛設乎答曰
賢人誠未能闇與理會當居然人從此之理盡
猶一豪之領一梁一豪之領一梁雖於理有損
不足以撓梁賢有情之至寡豪有形之至
小豪不至撓梁於賢人何有損之者哉

詮意引此似非簡文過許詮理爲得

孫興公云潘文爛若披錦無處不善續文章志曰岳爲文選言簡章清綺絕倫陸文若排沙簡金往往見寶文章傳曰機善屬文司空張華見其文章篇篇稱善猶譏其作文大治謂曰人之作文患於不才至子爲文乃患太多也

簡文稱許掾云玄度五言詩可謂妙絕時人續晉陽秋曰詢有才藻善屬文自司馬相如王褒楊雄諸賢世尚賦頌皆體則詩騷傍綜百家之言及至建安而詩章大盛逮乎西朝之末潘陸之徒雖時有質文而宗歸不異也正始中王弼何晏好莊老玄勝之談而世遂貴焉至過江佛理尤盛故郭璞五言始會合道家之言而韻之詢

此語無識別之文學亦然

及太原孫綽轉相祖尚又加以三世之辭而詩騷之體盡矣詢綽並爲一時文宗自此作者悉體之至義熈中謝混始改

孫興公作天台賦成以示范榮期中興書曰范啟字榮期慎陽人父堅護軍啟以才義顯於世仕至黃門郎云卿試擲地要作金石聲范曰恐子之金石非宮商中聲然每至佳句赤城霞起而建標瀑布飛流而界道此賦之佳處輒云應是我輩語

桓公見謝安石作簡文謚議看竟擲與坐上諸客曰此是安石碎金劉謙之晉紀載安議曰謹按謚法一德不懈曰簡道

德博聞曰文易簡而天下之理得觀乎人文化成天下儀之景行猶有彷彿宜尊號曰太宗謚曰簡文

袁虎少貧虎袁宏小字也嘗爲人傭載運租謝鎮西經船行其夜清風朗月聞江渚間估客船上有詠詩聲甚有情致所誦五言又其所未嘗聞歎美不能已卽遣委曲訊問乃是袁自詠其所作詠史詩因此相要大相賞得續晉陽秋曰虎少有逸才文章絶麗曾爲詠史詩是其風情所寄少孤而貧以運租爲業鎮西謝尚時鎮牛渚乘秋佳風月率爾與左右

典黃公壚語
不多爭

微服泛江會虎在運租船中諷詠聲旣淸會辭
文藻拔非尚所曾聞遂往聽之乃遣問訊答曰
是袁臨汝郎誦詩即其詠史之作也尚佳其
率有勝致即遣要迎談話申旦自此名日茂

孫興公云潘文淺而淨陸文深而蕪

裴郎作語林始出大爲遠近所傳時流年少無
不傳寫各有一通載王東亭作經王公酒壚下
賦甚有才情 裴氏家傳曰裴榮字榮期河東人
父稚豐城令榮期少有風姿才氣
好論古今人物撰語林數卷號曰裴子檀道
鸞謂裴松之以爲啟作語林榮儻別名啟乎

謝萬作八賢論與孫興公往反小有利鈍 中興書曰

此語難解似理義亦算作相知者然不能爲卿名也

譚文有法補句自佳

萬善屬文能談論萬集載其敘四隱四顯爲八賢之論謂漁父屈原季主賈誼楚老龔勝孫登嵇康也其靑以處者爲優出者爲劣孫綽難之以謂體玄識達者出處同歸文多不載謝後出以示顧君齊顧氏譜曰夷字君齊吳郡人祖歆孝廉父霸少府卿夷辟州主簿不就顧曰我亦作知卿當無所名

桓宣武命袁彥伯作北征賦續晉陽秋曰宏從溫征鮮卑作北征賦宏文之高者既成公與時賢共看咸嗟歎之時王珣在坐云恨少一句得寫字足韻當佳袁卽於坐攬筆益云感不絕於余心泝流風而獨寫公謂

王曰當今不得不以此事推袁宏集載其賦云聞所聞於相傳云獲麟於此野誕靈物以瑞德奚授體於虞者悲尼父之慟泣似實慟而非假豈一物之足傷實致傷於天下感不絕於余心遡流風而獨寫晉陽秋曰宏嘗與王珣伏滔同侍温坐温令滔續其賦至致傷於天下於此改韻云此韻所詠慨深千載今於天下之後便移韻於寫送之致如爲未盡滔乃云得益寫一句或當小勝桓公語宏卿試思益之宏應聲而益王伏稱善

孫興公道曹輔佐才如白地明光錦中興書曰曹毗字輔佐譙國人魏大司馬休曾孫也好文籍能屬詞累遷太學博士尚書郎光祿勳裁爲負版綺論語曰孔子式負版者鄭氏注曰版謂邦國籍也負之者賤隸人也非無文

是謝公語則

謂一字不犯前本

采酷無裁製

袁彥伯作名士傳成宏以夏侯太初何平叔王輔嗣爲正始名士阮嗣宗嵇叔夜山巨源向子期劉伯倫阮仲容王濬仲爲竹林名士裴叔則樂彥輔王夷甫庾子嵩王安期阮千里衛叔寶謝幼輿爲中朝名士見謝公公笑曰我嘗與諸人道江北事特作狡獪耳彥伯遂以箸書

王東亭到桓公吏既伏閣下桓令人竊取其白事東亭即於閣下更作無復向一字續晉陽秋曰珣學涉通敏文高當世

按此語殊深雖解言故有此才而官不利徒得東亭歎賞齒舌閒得利而已何益於事自古文人同恨

桓宣武北征（溫別傳曰溫以太和四年上疏自征鮮卑）袁虎時從被責免官會須露布文喚袁倚馬前令作手不輟筆俄得七紙殊可觀東亭在側極歎其才袁虎云當令齒舌閒得利

袁宏始作東征賦都不道陶公胡奴誘之狹室中臨以白刃（胡奴陶範別見）曰先公勳業如是君作東征賦云何相忽略宏窘蹙無計便答我大道公何以云無因誦曰精金百鍊在割能斷功則治

人職思靖亂長沙之勳爲史所讚續晉陽秋曰宏爲大司馬記室參軍後爲東征賦悉稱過江諸名望時桓溫在南州宏語衆云我決不及桓宣城時伏滔在溫府與宏善苦諫之宏笑而不答滔密以啟溫溫甚忿以宏一時文宗又聞此賦有聲不欲令人顯問之後遊青山飲酌既歸公命宏同載衆爲危懼行數里問宏曰聞君作東征賦多稱先賢何故不及家君宏答曰尊公稱謂自非下官所敢專故未呈啟不敢顯之耳溫乃云君欲爲何辭宏即答云風鑒散朗或搜或引身雖可亡道不可隕則宣城之節信爲允也溫泫然而止二說不同故詳載焉

或問顧長康君箏賦何如嵇康琴賦顧曰不賞

亮庾亮

者作後出相遺深識者亦以高奇見貴中興書曰愷之博學有才氣爲人遲鈍而自矜尚爲時所笑宋明帝文章志曰桓溫云顧長康體中癡黠各半合而論之正平平耳世云有三絕畫絕文絕癡絕續晉陽秋曰愷之矜伐過實諸年少因相稱譽以爲戲弄爲散騎常侍與謝瞻連省夜於月下長詠自云得先賢風制瞻每遥贊之愷之得此彌自力忘倦瞻將眠語槌腳人令代愷之不覺有異遂幾申旦而後止

殷仲文天才宏贍續晉陽秋曰仲文雅有才藻著文數十篇而讀書不甚廣博亮歎曰亮別見若使殷仲文讀書半袁豹丘淵之文章敘曰豹字士蔚陳郡人祖耽歷陽太守父質琅邪內史豹隆安中著作佐郎

散是五石散
行散行藥也

未造理所

累遷太尉長史丹陽尹義熙九年卒才不減班固續漢書曰固字孟堅右扶風人幼有儁才學無常師善屬文經傳無不究覽

羊孚作雪贊云資清以化乘氣以霏遇象能鮮即潔成輝桓胤遂以書扇中興書曰胤字茂祖譙國人祖冲太尉父嗣江州刺史胤少有清操以恬退見稱仕至中書令玄敗徙安成郡後見誅

王孝伯在京行散至其弟王睹戶前睹王爽小字也中興書曰爽字既明恭第四弟也仕至侍中恭事敗贈太常問古詩中何句爲最睹思未答孝伯詠所遇無故物焉得不速老

此何難至粗遣而已

此句爲佳
桓玄嘗登江陵城南樓云我今欲爲王孝伯作誄因吟嘯良久隨而下筆一坐之閒誄以之成晉安帝紀曰玄文翰之美高於一世玄集載其誄敘曰隆安二年九月十七日前將軍青兗二州刺史太原王孝伯薨川岳降神哲人是育旣爽其靈不貽其福天道茫昧孰測倚伏犬馬反噬豺狼翹陸嶺摧高梧林殘故竹人之云亡邦國喪牧予以誄之爰族芳郁文多不盡載

桓玄初并西夏領荊江二州二府一國玄別傳曰玄旣克殷仲堪後楊佺期遣使諷朝廷朝廷以玄都督八州領江州荊州二刺史于時始

謂答賀雪之版

雪五處俱賀五版並入玄在聽事上版至即答版後皆粲然成章不相揉雜

桓玄下都羊孚時爲兗州別駕從京來詣門牋云自頃世故睽離心事淪藴明公啟晨光於積晦澄百流以一源桓見牋馳喚前云子道子道來何遲即用爲記室參軍孟昶別見爲劉牢之主簿續晉陽秋曰牢之字道堅彭城人世以將顯父遁征虜將軍牢之沈毅多計數爲謝玄參軍符堅之役及平王恭轉徐州刺史桓玄下都以牢之爲前鋒行征西將軍玄至歸降用爲會

小兒語故自方正

（稽內史欲解其兵縊死）詣門謝見云羊侯羊侯百口賴卿

方正

陳太丘與友期行期日中過中不至太丘舍去去後乃至元方時年七歲門外戲（陳寔及紀竝已見）客問元方尊君在不答曰待君久不至已去友人便怒曰非人哉與人期行相委而去元方曰君與家君期日中日中不至則是無信對子罵父則是無禮友人慙下車引之元方入門不顧

南陽宗世林魏武同時而甚薄其爲人不與之交及魏武作司空總朝政從容問宗曰可以交未答曰松栢之志猶存世林既以忤旨見疎位不配德文帝兄弟每造其門皆獨拜牀下其見禮如此

楚國先賢傳曰宗承字世林南陽安衆人父資有美譽承少而脩德雅正確然不羣徵聘不就聞德而至者如林魏武弱冠屢造其門値賓客猥積不能得言乃伺承起往要之捉手請交承拒而不納帝後爲司空輔漢朝乃謂承曰卿昔不顧吾今可爲交未承曰松栢之志猶存帝不說以其名賢猶敬禮之勑文帝修子弟禮就家拜漢中太守武帝平冀州從至

華歆以虚名居首揆陳羣以心膂當新寵猶爲此大言寧不爲荀彧地下所笑覽註稍知所以臨川以入方正不亦幸乎

欣聖化是何等語義形於色不當自言

鄰陳羣等皆爲之拜帝猶以舊情介意薄其位而優其禮就家訪以朝政居賓客之右文帝徵爲直諫大夫明帝欲引以爲相以老固辭

魏文帝受禪陳羣有慼容帝問曰朕應天受命卿何以不樂羣曰臣與華歆服膺先朝今雖欣聖化猶義形於色華嶠譜叙曰魏受禪朝臣三公以下並受爵位華歆以形色忤時徙爲司空不進爵文帝久不懌以問尚書令陳羣曰我應天受命百辟莫不説喜形於聲色而相國及公獨有不怡者何邪羣起離席長跪曰臣與相國曾事漢朝心雖説喜義干其色亦懼陛下實應見憎帝大悦歎息良久遂重異之

郭淮作關中都督，甚得民情，亦屢有戰庸。郭淮字伯濟，太原陽曲人。建安中除平原府丞。黃初元年，奉使賀文帝踐阼，而稽留不及。羣臣歡會，帝正色責之曰：「昔禹會諸侯於塗山，防風氏後至，便行大戮。今溥天同慶，而卿最留遲，何也？」淮曰：「臣聞五帝先教導民以德，夏后政衰，始用刑辟。今臣遭唐虞之世，是以知免防風氏之誅。」帝說之，擢爲雍州刺史，遷征西將軍。淮在關中三十餘年，功績顯著，遷儀同三司，贈大將軍。淮妻，太尉王淩之妹，坐淩事當并誅。魏略曰：淩字彥雲，太原祁人。歷司空、太尉、征東將軍，密欲立楚王彪。司馬宣王自討之，淩自縛歸罪，遥謂太傅曰：「卿直以折簡召我，我當不至邪？」太傅曰：「以卿非肯逐折簡者也。」遂使人送至西。淩自知罪重，試索棺釘以觀

世語簡而盡前後相應敘事工拙見矣

語甚感動節次皆昇

太傅意太傅給之凌行至項城夜呼掾屬與決曰行年八十身名俱滅命邪遂自殺使者徵攝甚急淮使戒裝克日當發州府文武及百姓勸淮舉兵淮不許至期遣妻百姓號泣追呼者數萬人行數十里淮乃命左右追夫人還於是文武奔馳如徇身首之急既至淮與宣帝書曰五子哀戀思念其母其母既亡則無五子五子若殞亦復無淮宣帝乃表特原淮妻世語曰淮妻當從坐侍御史往收督將及羌胡渠帥數千人叩頭請淮上表留妻淮不從妻上道莫不流涕人

人扼腕欲劫留之淮五子叩頭流血請淮淮不忍視乃命追之於是數千騎往追還淮以書白司馬宣王曰五子哀母不惜其身若無其母是無五子五子若亡亦無淮也今輒追還若於法未通當受罪於主者書至宣王乃表原之

諸葛亮之次渭濱關中震動蜀志曰亮字孔明琅邪陽都人客於荊州躬耕隴畝好爲梁甫吟長八尺每自比管仲樂毅時人莫之許也唯博陵崔州平潁川徐元直謂爲信然先主屯新野徐庶見先主曰諸葛孔明臥龍也將軍豈願見之乎先主曰君與俱來庶曰此人可就見不可屈致也先主遂詣亮亮謂關羽張飛曰孤之有孔明猶魚之有水也累遷丞相益州牧率衆北征卒於渭南

魏明帝深懼晉宣王戰乃

遣辛毗爲軍司馬魏志曰毗字佐治潁川陽翟人累遷衛尉宣王既與亮對渭而陳亮設誘譎萬方宣王果大忿將欲應之以重兵亮遣閒諜覘之還曰有一老夫毅然仗黃鉞當軍門立軍不得出亮曰此必辛佐治也晉陽秋曰諸葛亮寇於郿據渭水南原詔使高祖拒之亮善撫御又戎政嚴明且僑軍遠征糧運艱澀利在野戰朝廷每聞其出欲以不戰屈之高祖亦以爲然而擁大軍御侮於外不宜遠露怯弱之形以虧大勢故秣馬坐甲每見吞併之威亮雖挑戰或遺高祖巾幗巾幗婦女之飾欲以激怒冀獲曹咎之利朝廷慮高祖不勝忿憤而衛尉辛毗骨鯁之臣帝乃

使毗仗節爲高祖軍司馬亮果復挑戰高祖乃奮怒將出應之毗仗節中門而立高祖乃止將士聞見者益加勇銳識者以人臣雖擁衆千萬而屈於正人大略深長皆如此此之類也

夏侯玄旣被桎梏魏氏春秋曰玄字太初譙國人夏侯尚之子大將軍前妻兄也風格高朗弘辯博暢正始中護軍曹爽誅徵爲太常内知不免不交人事不畜筆研及太傅薨許允謂玄曰子無復憂矣玄歎曰士宗卿何不見事乎此人猶能以通家年少遇我子元子上不吾容也後中書令李豐惡大將軍執政遂謀以玄代之大將軍聞其謀誅豐收玄送廷尉于寶晉紀曰初豐之謀也使告玄玄答曰宜詳之爾不以聞也故及於難時鍾毓爲廷尉鍾會先不與玄相知因便狎之玄曰雖

其狎之未必
昵叔非納交
比

復刑餘之人未敢聞命世語曰玄至廷尉不肯下辭廷尉鍾毓自臨履玄玄正色曰吾當何辭爲令史責人邪卿便爲吾作辭毓以玄名士節高不可屈而獄當竟夜爲作辭令與事相附流涕以示玄玄視之曰不當若是邪鍾會年少於玄玄不與交是日於毓坐狎玄玄正色曰鍾君何得如是名士傳曰初玄以鍾毓志趣不同不與之交玄被收時毓爲廷尉執玄手曰太初何至於此玄正色曰雖復刑餘之人不可得交按郭頒西晉人時世相近爲晉魏世語事多詳覈孫盛之徒皆采以著書並云玄距鍾會而袁宏名士傳最後出不依前史以爲鍾毓可謂謬矣

考掠初無一言臨刑東市顏色不異魏志曰玄格量弘濟臨斬顏色不異舉止自若

亦似未見其
華不可

夏侯泰初與廣陵陳本善本與玄在本母前宴飲世語曰本字休元臨淮東陽人魏志曰本廣陵東陽人父矯司徒本歷郡守廷尉所在操綱領舉大體能使羣下自盡有率御之才不親小事不讀法律而得廷尉之稱遷鎮北將軍本弟騫晉陽秋曰騫字休淵司徒第二子無謇諤風滑稽而多智謀仕至大司馬行還逕入至堂戶泰初因起曰可得同不可得而雜名士傳曰玄以鄉黨貴齒本不論德位年長者必為拜與陳本母前飲騫來而出其可得同不可得而雜者也

高貴鄉公薨內外諠譁魏志曰高貴鄉公諱髦字彥士文帝孫東海定

王霖之子也初封剡縣高貴鄉公好學夙成齊王廢羣臣迎之即皇帝位漢晉春秋曰自曹芳事後魏人省徹宿衛無復鎧甲諸門戎兵老弱而已曹髦見威權日去不勝其忿召侍中王沈尚書王經散騎常侍王業謂曰司馬昭之心路人所知也吾不能坐受廢辱今日當與卿自出討之王經諫不聽乃出懷中板令投地曰行之決矣正使死何所恨況不必死邪於是入白太后沈業奔走告昭昭爲之備髦遂率僮僕數百鼓譟而出昭弟屯騎校尉伷入遇髦於東止車門左右訶之伷衆奔走中護軍賈充又逆髦戰於南闕下髦自用劍衆欲退太子舍人成濟問充曰事急矣當云何充曰公畜汝等正爲今日今日之事無所問也濟即前刺髦刃出於背魏氏春秋曰帝將誅大將軍詔有司復進位相國加九錫帝夜自將冗從僕射李昭黃門從官焦

千載凛凛羣有慚德矣

充親弒魏帝

伯等下陵雲臺鎧仗授兵欲因際會遣使自出致討會雨而卻明日遂見王經等出黃素詔於懷曰是可恐也孰不可恐今當決行此事帝遂拔劍升輦率殿中宿衛倉頭官僮擊戰鼓出雲龍門賈充自外而入帝師潰散帝猶稱天子手劍奮擊衆莫敢逼充率厲將士騎督成倅弟濟以矛進帝崩于師時暴雨雷電晦冥

司馬文王問侍中陳泰曰魏志曰泰字玄伯司空羣之子也何以靜之泰云唯殺賈充以謝天下文王曰可復下此不對曰但見其上未見其下于寶晉書曰高貴鄉公之殺司馬文王召朝臣謀其故太常陳泰不至使其舅荀顗召之告以可不泰曰世之論者以泰方於舅今舅不如泰也子弟內外咸共逼之垂涕而入文

合數語以實玄伯之正

與方正之目也神志凜然

如初謂無進處

王待之曲室謂曰玄伯卿何以處我對曰可誅賈充以謝天下文王曰爲吾更思其次泰曰唯有進於此不知其次文王乃止漢晉春秋曰曹髦之薨司馬昭聞之自投於地曰天下謂我何於是召百官議其事昭垂涕問陳泰曰何以居我泰曰公光輔數世功蓋天下謂當並迹古人垂美於後一旦有殺君之事不亦惜乎速斬賈充猶可以自明也昭曰公閒不可得殺也卿更思餘計泰厲聲曰意唯有進於此耳餘無足委者也歸而自殺魏氏春秋曰泰勸大將軍誅賈充大將軍曰卿更思其他泰曰豈可使泰復發後言遂嘔血死

和嶠爲武帝所親重語嶠曰東宮頃似更成進卿試往看還問何如答云皇太子聖質如初晉諸

荀顗亦未可保

公贊曰嶠字長輿汝南西平人父逌太常知名嶠少以雅量稱深爲賈充所知每向世祖稱之歷尚書太子少傅于寶晉紀曰皇太子有醇古之風美於信受侍中和嶠數言於上曰季世多僞而太子尚信非四海之主憂太子不了陛下家事願追思文武之祚上既重長適又懷齊王朋黨之論弗入也後上謂嶠曰太子近入朝吾謂差進卿可與荀侍中共往言及顗奉詔還對上曰太子明識弘新有如明詔問嶠嶠對曰聖質如初上默然晉陽秋曰世祖疑惠帝不可承繼大業遣和嶠荀勗往觀察之既見勗稱歎曰太子德更進茂不同於故嶠曰皇太子聖質如初此陛下家事非臣所盡天下聞之莫不稱嶠爲忠而欲灰滅勗也按荀顗清雅性不阿諛校之二說則孫盛爲得也

諸葛靚後入晉，除大司馬，召不起。以與晉室有讐，常背洛水而坐。與武帝有舊，帝欲見之而無由，乃請諸葛妃呼靚。既來，帝就太妃間相見。禮畢，酒酣，帝曰：「卿故復憶竹馬之好不？」靚曰：「臣不能吞炭漆身，今日復覩聖顏。」因涕泗百行。帝於是慙悔而出。晉諸公贊曰：吳亡，靚入洛，以父誕爲太祖所殺，誓不見世祖。世祖叔母琅邪王妃，靚之姊也。帝後因靚在姊間，往就見焉。靚逃於廁中，於是以至孝發名。時嵇康亦被法，而康子紹死蕩陰之役。談者咸曰：觀紹、靚二人，然後知忠孝之道，區以別矣。

武帝語和嶠曰我欲先痛罵王武子然後爵之嶠曰武子儁爽恐不可屈帝遂召武子苦責之因曰知愧不晉諸公贊曰齊王當出藩而王濟諫請無數又累遣常山王與婦長廣公主共入稽顙陳乞留之世祖甚恚謂王戎曰我兄弟至親今出齊王自朕家計而甄德王濟連遣婦入來生哭人邪濟等尚爾況餘者乎濟自此被責左遷國子祭酒武子曰尺布斗粟之謠常爲陛下恥之漢書曰淮南厲王長高祖少子也有罪文帝徙之於蜀不食而死民作歌曰一尺布尚可縫一斗粟尚可舂兄弟二人不能相容瓚注曰言一尺布尚可縫而共衣一斗米粟可舂而共食況以天下之廣而不相容也

它

杜元凱千載名士楊濟倚外戚爲豪此何足爲方正

人能令疎親臣不能使親疎以此愧陛下

杜預之荊州頓七里橋朝士悉祖王隱晉書曰預字元凱京兆人漢御史大夫延年十一世孫祖畿魏太保父恕幽州荊州刺史預智謀淵博明於治亂常稱立德者非所企及立功立言所庶幾也累遷河南尹爲鎮南將軍都督荊州諸軍事鎮襄陽以平吳勳封當陽侯預無伎藝之能身不跨馬射不穿札而每有大事輙在將帥之限贈征南將軍儀同三司預少賤好豪俠不爲物所許楊濟既名氏雄俊不堪不坐而去八王故事曰濟字文通弘農人楊駿弟也有才識累遷太子太保與駿同誅須臾和長輿來問楊右衛何在

羊琇何物輿王愷爲戚里爭富者乃亦以慢鎮南爲方正耶叔則名士渠何獨不去

客曰向來不坐而去長輿曰必大夏門下盤馬往大夏門果大閱騎長輿抱內車共載歸坐如初

杜預拜鎮南將軍朝士悉至皆在連榻坐語林曰中朝方鎮還不與元凱共坐預征吳還獨榻不與賓客共也時亦有裴叔則羊稺舒後至曰杜元凱乃復連榻坐客不坐便去晉諸公贊曰羊琇字稚舒泰山人通濟有才幹與世祖同年相善謂世祖曰後富貴時見用作領護軍各十年世祖即位累遷左將軍特進杜請裴追之羊去數里

此故是長輿方正嘉之紀不得云強抗

任馬既而俱還杜許

晉武帝時荀勗爲中書監虞預晉書曰勗字公曾潁川潁陰人漢司空爽曾孫也十餘歲能屬文外祖鍾繇曰此兒當及其曾祖爲安陽令民生爲立祠累遷侍中中書監和嶠爲令故事監令由來共車嶠性雅正常疾勗諂諛王隱晉書曰勗性佞媚譽太子出齊王當時私議損國害民孫劉之匹也後世若有良史當著佞倖傳後公車來嶠便登正向前坐不復容勗勗方更覓車然得去監令各給車自此始曹嘉之晉紀曰中書監令常同車入朝至和嶠爲令而荀勗爲監嶠意強抗專車而

面有愧其趑
耳不足言勝

坐乃使監令異亦自此始也

山公大兒著短帢車中倚武帝欲見之山公不敢辭問兒兒不肯行時論乃云勝山公晉諸公贊曰山該字伯倫司徒濤長子也雅有器識仕至左衛將軍

向雄爲河內主簿有公事不及雄而太守劉淮橫怒遂與杖遣之雄後爲黃門郎劉爲侍中初不交言武帝聞之敕雄復君臣之好雄不得已詣劉再拜曰向受詔而來而君臣之義絕何如

註引爲眞晉書遂兩用之

於是即去武帝聞尚不和乃怒問雄曰我令卿復君臣之好何以猶絕漢晉春秋曰雄字茂伯河內人世語曰雄有節槩仕至黃門郎護軍將軍按王隱孫盛不與故君相聞議曰昔在晉初河內溫縣領校向雄送御犧牛不先呈郡輒隨比送洛值天大熱郡送牛多暍死臺法甚重太守吳奮召雄與杖雄不受杖曰郡牛者亦死也呈牛者亦死也奮大怒下雄獄將大治之會司隸辟雄都官從事數年爲黃門侍郎奮爲侍中同省相避不相見武帝聞之給雄酒禮使詣奮解雄乃奉詔此則非劉淮也晉諸公贊曰淮字君平沛國杼秋人少以清正稱累遷河內太守侍中尚書僕射司徒

雄曰古之君子進人以禮退人以禮今之君子

憾而已非方正之選

進人若將加諸膝退人若將墜諸淵臣於劉河内不爲戎首亦已幸甚安復爲君臣之好武帝從之禮記曰穆公問於子思曰爲舊君反服古邪子思曰古之君子進人以禮退人以禮故有舊君反服之禮今之君子進人若將加諸膝退人若將墜諸淵無爲戎首不亦善乎又何反服之有鄭玄曰爲兵主求攻伐故曰戎首也

齊王冏爲大司馬輔政虞預晉書曰冏字景治齊王攸子也少聰惠及長謙約好施趙王倫篡位冏起義兵誅倫拜大司馬加九錫政皆决之而恣用羣小不復朝覲遂爲長沙王所誅嵇紹爲侍中詣冏咨事冏設宰會召

中散兒故自不凡

葛旟齊王官屬名曰旟字虛旟齊王從事中郎晉陽秋曰齊王冏起義轉長史既克趙王倫與董艾等專執威權冏敗見誅八王故事曰艾字叔智董艾等弘農人祖遇魏侍中父綏秘書監艾少好功名不修士檢齊王冏起義艾爲新汲令赴軍用艾領右將軍王敗兄誅共論時宜旟等白冏嵇侍中善於絲竹公可令操之遂送樂器紹推郤不受冏曰今日共爲歡卿何郤邪紹曰公協輔皇室令作事可法紹雖官卑職備常伯操絲比竹蓋樂官之事不可以先王法服爲伶人之業今逼高命不敢苟辭當釋

冠冕襲私服此紹之心也旗等不自得而退

盧志於衆坐世語曰志字子通范陽人尚書珽少子少知名起家鄴令歷成都王長史衛尉卿尚書郎問陸士衡陸遜陸抗是君何物抗已見吳書曰遜字伯言吳郡人世爲冠族初領海昌令號神君累遷丞相答曰如卿於盧毓盧珽魏志曰毓字子家涿人父植有名於世累遷吏部郎尚書選舉先性行而後言才進司空珽咸熙中爲泰山太守字子笏位至尚書士龍失色雲別見既出戶謂兄曰何至如此彼容不相知也士衡正色曰我父祖名播海內寧有不知鬼子敢爾孔氏

志怪曰盧充者范陽人家西三十里有崔少府墓充先冬至一日出家西獵見一麞舉弓而射即中之麞倒而復起充逐之不覺遠忽見一里門如府舍門中一鈴下唱家前充問此何府也答曰少府府也充曰我衣惡那得見貴人即有人提襆新衣迎之充著盡可體便進見少府展姓名酒炙數行崔曰近得尊府君書爲君索小女婚故相延耳即舉書示充充父亡時雖小然已見父手迹便歔欷無辭崔即敕內令女郎莊嚴使充就東廊充至婦已下車立席頭共拜爲三日畢還見崔崔曰君可歸矣女有娠相生男當以相還生女當留自養敕外嚴車送客崔送至門執手零涕離別之感無異生人復致衣一襲被褥一副充便上車去如電逝須臾至家家人相見悲喜推問知崔是亡人而入其墓追以懊惋居四年三月三日臨水戲忽見一犢車

乍浮乍沒既上岸充往開車後戸見崔氏女與三歲男兒共載充見之忻然欲捉其手女舉手指後車曰府君見人郎見少府充往問訊女抱兒還充又與金盌別并贈詩曰煌煌靈芝質光麗何猗猗華豔當時顯嘉異表神奇含英未及秀中夏罹霜萎榮曜長幽滅世路永無施不悟陰陽運哲人忽來儀會淺離別速皆由靈與祇何以贈余親金盌可顧兒愛恩從此別斷絕傷肝脾充取兒盌及詩忽不見二車處將兒還四坐謂是鬼魅僉遙唾之形如故問兒誰是汝父兒逕就充懷衆初怪惡傳省其詩慨然歎死生之玄通也充詣市賣盌高舉其價不欲速售冀有識者欻有一老婢問充得盌之由還報其大家郎女姨也道視之果是謂充曰我姨姊崔少府女未嫁而亡家親痛之贈一金盌著棺中今視卿盌甚似得盌本末可得聞不充以事對郎

士龍亦別有勝兒處

諸充家迎兒兒有崔氏狀又似充貌姨曰我男甥三月末間產父曰春煖溫也願休強也郎字溫休溫休蕃幽婚也其兆先彰矣兒遂成爲令器歷數郡二千石皆著績其後生植爲漢尚書植子毓爲魏司空冠蓋相承至今也議者疑二陸優劣謝公以此定之

羊忱性甚貞烈趙王倫爲相國忱爲太傅長史乃版以參相國軍事使者卒至忱深懼豫禍不暇被馬於是帖騎而避使者追之忱善射矢左右發使者不敢進遂得免文字志曰忱字長和一名陶泰山平陽人

似狎爾非方正也

可稱曰排米是方正

世爲冠族父繇車騎掾恍歷太傅長史揚州刺史遷侍中永嘉五年遭亂被害年五十餘

王太尉不與庾子嵩交王夷甫　庾敳庾卿之不置王曰君不得爲爾庾曰卿自君我我自卿我自用我法卿自用卿法

阮宣子伐社樹阮修已見春秋傳曰共工氏有子曰勾龍爲后土后土爲社風俗通曰孝經稱社者土也廣博不可備敬故封土以爲社而祀之報功也然則社自祀勾龍非土之祭也有人止之宣子曰社而爲樹伐樹則社亡樹而爲社伐樹則社移矣

振古絶俗得意之名言

此王充癡語世以阮宣子論無鬼故附會此說註引論衡有意

阮宣子論鬼神有無者或以人死有鬼宣子獨以爲無曰今見鬼者云箸生時衣服若人死有鬼衣服復有鬼邪論衡曰世謂人死爲鬼非也人死不爲鬼無知不能害人如審鬼者死人精神人見之宜從裸袒之形無爲見衣帶被服也何則衣無精神也由此言之見衣服象人則形體亦象人象人知非死人之精神也凡天地間有鬼非人死之精神也

元皇帝既登阼以鄭后之寵欲舍明帝而立簡文時議者咸謂舍長立少既於理非倫且明帝以聰亮英斷益宜爲儲副周王諸公並苦爭懇

切中興書曰鄭太后字阿春滎陽人少孤先嫁田氏夫亡依舅吳氏時中宗敬后虞氏先崩將納吳氏后與吳氏女遊後園有言之於中宗者納爲夫人甚寵生簡文帝卽位尊之曰文宣太后惟刁玄亮獨欲奉少主以阿帝旨元帝便欲施行慮諸公不奉詔於是先喚周侯丞相入然後欲出詔付刁刁協周王既入始至階頭帝逆遣傳詔遏使就東廂周侯未悟卽卻略下階丞相披撥傳詔徑至御牀前曰不審陛下何以見臣帝默然無言乃探懷中黃紙詔裂擲之由此皇

註駁是

亂倫似謂不類耳

儲始定周侯方慨然愧歎曰我常自言勝茂弘今始知不如也中興書曰元皇以明帝及琅邪王裒並非敬后所生而謂裒有大成之度勝於明帝因從容問王導曰立子以德不以年今二子孰賢導曰世子宣城俱有爽明之德莫能優劣如此故當以年於是更封裒爲琅邪王而此與世說互異然法盛采摭典故以何爲實且從容諷諫理或可安豈有登階一言曾無奇說便爲之改計乎

王丞相初在江左欲結援吳人請婚陸太尉對曰培塿無松柏薰蕕不同器杜預左傳注曰培塿小阜松柏大木也薰香草蕕臭草玩雖不才義不爲亂倫之始玩已見

是纏綿語

委曲細碎可觀

諸葛恢大女適太尉庾亮兒恢別傳曰恢字道明琅邪陽都人祖誕司空父靚亦知名恢少有令問稱爲明賢避難江左中宗召補主簿累遷尚書令庾氏譜曰庾亮子會娶恢女名文虎庾會別見次女適徐州刺史羊忱兒羊氏譜曰羊楷字道茂祖繇車騎掾父忱侍中楷仕至尚書郎娶諸葛恢次女亮子被蘇峻害改適江虨虨別見恢兒娶鄧攸女諸葛氏譜曰恢子衡字峻文仕至滎陽太守娶河南鄧攸女于時謝尚書求其小女婚恢乃云羊鄧是世婚江家我顧伊庾家伊顧我不能復與謝裒兒婚永嘉流人名曰裒字幼儒陳郡人父衡博士裒歷侍

謂恢亡遺女能如此我雖在亦僅能如此

少年陽怒大有以此為方正齊矯取名取害心術

中吏部尚書吳國內史及恢亡遂婚謝氏譜曰裒子石娶恢小女名文熊中興書曰石字石奴歷尚書令聚斂無厭取譏當世於是王右軍往謝家看新婦猶有恢之遺法威儀端詳容服光整王歎曰我在遺女裁得爾耳

周叔治作晉陵太守周侯仲智往別叔治以將別涕泗不止仲智恚之曰斯人乃婦女與人別唯啼泣便舍去鄧粲晉紀曰周謨字叔治顗次弟也仕至中護軍嵩字仲智謨兄也性狡直果俠每以才氣陵物顗被害王敦使人吊焉嵩曰亡兄天下有義人為天下無義

仲智傲狠伯仁友愛正都無關方正

由稍近方正然得無過邪

斯人格倫好如此尚足論名品耶

人所殺復何所弔敦甚銜之猶取爲從事中郎因事誅嵩晉陽秋曰嵩事佛臨刑猶誦經

周矦獨留與飲酒言話臨別流涕撫其背曰奴好自愛阿奴謨小字

周伯仁爲吏部尚書在省內夜疾危急時刁玄亮爲尚書令營救備親好之至良久小損虞預晉書曰刁協字元亮勃海饒安人少好學雖不研精而多所博涉中興制度皆稟於協累遷尚書令中宗信重之爲王敦所忌舉兵討之奔至江南敗死明旦報仲智仲智狼狽來始入戶刁下牀對之大泣說伯仁昨危急

仲智如志弟之泣別責兄之容佞其言似正亦不近人情

之狀仲智手批之刀爲辟易於戶側既前都不問病直云君在中朝與和長輿齊名那與佞人刁協有情逕便出

王含作廬江郡貪濁狼籍王敦護其兄故於衆坐稱家兄在郡定佳廬江人士咸稱之時何充爲敦主簿在坐正色曰充卽廬江人所聞異於此敦默然旁人爲之反側充晏然神意自若中興書曰王敦以震主之威收羅賢儁辟充爲主簿充知敦有異志逡巡疏外及敦稱含有惠政一

勸柱語柱有
催韻又作

言伯仁以
棟梁自居
而絕人也

坐畏敦擊節而已充獨抗之其時衆人
爲之失色由是忤意出爲東海王文學
顧孟著嘗以酒勸周伯仁伯仁不受顧因移勸
柱而語柱曰詎可便作棟梁自遇周得之欣然
遂爲衿契徐廣晉紀曰顧顯字孟著吳郡人驃騎榮兄子少有重名泰興中爲騎郎蚤卒時爲悼惜之
明帝在西堂會諸公飲酒未大醉帝問今名臣
共集何如堯舜時周伯仁爲僕射因厲聲曰今
雖同人主復那得等於聖治帝大怒還內作手

註是或當作元帝

咸恐是人名

詔滿一黃紙，遂付廷尉令收，因欲殺之。按明帝未即位，顗已爲王敦所殺，此說非也。後數日，詔出周，羣臣往省之。周曰：「近知當不死，罪不足至此。」王大將軍當下時，咸謂無緣爾。伯仁曰：「今主非堯舜，何能無過？且人臣安得稱兵以向朝廷？處仲狠抗剛愎，王平子何在？」顗別傳曰：王敦討劉隗時，温大眞爲東宮庶子，在承華門外與顗相見，曰：「大將軍此舉有在，義無有濫。」顗曰：「君年少，希更事，未有人臣若此而不作亂，共相推戴，數年而爲此者乎？處仲狠抗而強忌，平子何在？」晉陽秋曰：王澄爲荊川，羣賊並起，乃奔豫章，而恃其宿名，猶

叙事如画

陵侮敦敦伏勇士路戎等搤而殺之裴子曰平子從荊州下大將軍因欲殺之而平子左右有二十人甚健皆持鐵楯馬鞭平子恒持玉枕大將軍乃犒荊州文武二十人積飲食皆不能動乃借平子玉枕便持下牀平子手引大將軍帶絕與力士鬭甚苦乃得上屋上久許而死

王敦既下住船石頭欲有廢明帝意賓客盈坐敦知帝聰明欲以不孝廢之每言帝不孝之狀而皆云温太眞所說温嘗爲東宮率後爲吾司馬甚悉之須臾温來敦便奮其威容問温曰皇太子作人何似温曰小人無以測君子敦聲色

可稱曰正

竝厲欲以威力使從已乃重問溫太子何以稱佳溫曰鈎深致遠葢非淺識所測然以禮侍親可稱爲孝劉謙之晉紀曰敦欲廢明帝言於衆曰太子子道有虧溫司馬昔在東宮悉其事嶠既正言敦忿而愧焉

王大將軍既反至石頭周伯仁往見之謂周曰卿何以相負對曰公戎車犯正下官忝率六軍而王師不振以此負公晉陽秋曰王敦既下六軍敗績顗長史郝嘏及左右文武勸顗避難顗曰吾備位大臣朝廷傾撓豈可草間求活投身胡虜邪乃與朝士詣敦

敦曰近日戰有餘力不對曰恨力不足豈有餘邪

蘇峻既至石頭百僚奔散王隱晉書曰峻字子高長廣掖人少有才學仕郡主簿舉孝廉値中原亂招合流舊三千餘家結壘本縣宣示王化收葬枯骨遠近感其恩義咸共宗焉討王敦有功封公遷歷陽太守峻外營將表曰鼓自鳴峻自斫鼓曰我鄉里時有此則空城有頃詔書徵峻峻曰臺下云我反反豈得活邪我寧山頭望廷尉不能廷尉望山頭乃作亂晉陽秋曰峻率衆二萬濟橫江至於蔣山王師敗績唯侍中鍾雅獨在帝側或謂鍾曰見可而進知難而退古之道也君性亮直必不容於寇讎何不用隨時之宜

靳之甚非相期望也

謂林父終以功贖罪也

而坐待其獘邪鍾曰國亂不能匡君危不能濟而各遜遁以求免吾懼董狐將執簡而進矣庾公臨去顧語鍾後事深以相委鍾曰棟折榱崩誰之責邪庾曰今日之事不容復言卿當期克復之效耳鍾曰想足下不愧荀林父耳春秋傳曰楚莊王圍鄭晉使荀林父率師救鄭鄭與楚戰於邲晉師敗績栢子歸請死晉平公將許之士貞子諫而止後林父敗赤狄於曲梁賞相子狄臣子室亦賞士伯以瓜衍之田曰吾獲狄田子之功也微子吾喪伯氏矣

丞相末年大不滿人意在保存諸叛賊蓋渠於節義二字不大分曉

情誓甚真宜在朝廷之上

正氣語乃作爾許巧妙

蘇峻時孔羣在横塘爲匡術所逼王丞相保存術會稽後賢記曰羣字敬休會稽山陰人祖竺吳豫章太守父奕全椒令羣有智局仕至御史中丞晉陽秋曰匡術爲阜陵令逃亡無行庾亮徵蘇峻術勸峻誅亮遂與峻同反後以宛城降因衆坐戲語令術勸羣酒以釋横塘之憾羣答曰德非孔子厄同匡人家語曰孔子之宋匡簡子以甲士圍之子路怒奮戟將戰孔子止之曰夫詩書之不講禮樂之不習是丘之過也若述先王之道而爲咎者非丘罪也命也夫歌予和汝子路彈劍孔子和之曲三終匡人解甲罷雖陽和布氣鷹化爲鳩至於識者猶憎其眼禮記月令曰仲春之月鷹

小人語豈識國家大体見得方正

人臣雖難且懷夙慨那得爲方正耶誰得之矣

化爲鳩鄭玄曰鳩播穀也夏小正曰鷹則爲鳩鷹也者其殺之時也鳩也者非殺之時也善變而之仁故具之

蘇子高事平靈鬼志謠徵曰明帝初有謠曰高山崩石自破高山峻也碩峻弟也後諸公誅峻碩猶據石頭潰散而逃追斬之王庾諸公欲用孔廷尉爲丹陽孔坦亂離之後百姓彫弊孔慨然曰昔肅祖臨崩諸君親升御牀並蒙眷識共奉遺詔孔坦疎賤不在顧命之列既有艱難則以微臣爲先今猶俎上腐肉任人膾截耳於是拂衣而去

此語不當重出與前則同而造次幾惡語與叔知記載難

諸公亦止按王隱晉書蘇峻事平陶侃欲將坦上用爲豫章太守坦辭母老不行臺以爲吳郡吳郡多名族而坦年少乃授吳興內史不聞尹京

孔車騎與中丞共行孔愉別傳曰愉字敬康會稽山陰人初辟中宗參軍討華軼有功封餘不亭侯愉少時嘗得一龜放於餘不溪中龜中路左顧者數過及後鑄印而龜左顧更鑄猶如此印師以聞愉悟取而佩焉累遷尚書左僕射贈車騎將軍中丞孔羣也在御道逢匡術賓從甚盛因往與車騎共語中丞初不視直云鷹化爲鳩衆鳥猶惡其眼術大怒便欲刃之車騎下車抱術曰族弟發狂卿爲

王陶二公當亂後賊劾主擅收擅奪無一可紀梅既是陶私人放免而拜雖有一言寧便足稱方正

陶語跌橫其感激不輕復自有佳處

我宥之始得全首領

梅頤嘗有惠於陶公後爲豫章太守有事王丞相遣收之侃曰天子富於春秋萬機自諸侯出王公既得錄陶公何爲不可放乃遣人於江口奪之晉諸公贊曰頤字仲真汝南西平人少好學隱退而求實進止永嘉流人名曰頤領軍司馬頤弟陶字叔真鄧粲晉紀曰初有譖侃於王敦者乃以從弟廙代侃爲荊州左遷侃廣州侃文武距廙而求侃敦聞大怒及侃將莅廣州過敦敦陳兵欲害侃敦咨議參軍梅陶諫敦乃止厚禮而遣之王隱晉書亦同按二書所敘則有惠於陶是梅陶非頤也頤見陶

公拜陶公止之頤曰梅仲眞郗明日豈可復屈邪

王丞相作女伎施設牀席蔡公先在坐不說而去王亦不留蔡司徒別傳曰謨字道明濟陽考城人博學有識避地江左歷左光祿錄尚書事揚州刺史薨贈司空

何次道庾季堅二人並爲元輔晉陽秋曰庾氷字季堅太尉亮之弟也少有檢操兄亮常器之曰吾家晏平仲累遷車騎將軍江州刺史成帝初崩于時嗣君未定何欲立嗣子庾及朝議以外寇

陽秋義爲安

方强嗣子沖幼乃立康帝中興書曰帝諱岳字世同成帝同母弟也成帝崩卽位年二十二康帝登阼會羣臣謂何曰朕今所以承大業爲誰之議何答曰陛下龍飛此是庾冰之功非臣之力于時用微臣之議今不覩盛明之世晉陽秋曰初顯宗臨崩庾冰議立長君何充謂宜奉皇子爭之不得充不自安求處外任及冰出鎮武昌充自京馳還言於帝曰冰不宜出昔年陛下龍飛使晉德再隆者冰之勳也臣無與焉帝有慙色

江僕射年少王丞相呼與共棊王手嘗不如兩

丞相雅量此
少年不謙小
伎自多宜戒
語蘊藉似王
公

此却非周嵩
比
惜不見話語
牀下

道許而欲敵道戲試以觀之江不即下王曰君何以不行江曰恐不得爾徐廣晉紀曰江虨字思玄陳留人博學知名兼善奕爲中興之冠累遷尚書左僕射護軍將軍傍有客曰此年少戲迺不惡王徐舉首曰此年少非唯圍棊見勝范汪棊品曰虨與王恬等棊第一品導第五品

孔君平疾篤庾司空爲會稽省之庾冰相問訊甚至爲之流涕庾既下牀孔慨然曰大丈夫將終不問安國寧家之術迺作兒女子相問庾聞回

如怒如笑如馨卽如此

當以使君爲句義自明

此語可第溪公自道不可狠語見諸方正

道人乃藉人

謝之請其話言王隱晉書曰坦方直而有雅望

桓大司馬詣劉尹臥不起桓彎彈彈劉枕丸迸碎牀褥間劉作色而起曰使君如馨地寧可鬭戰求勝中興書曰溫曾爲徐州刺史沛國屬徐州故呼溫使君鬭戰者以溫爲將也桓甚有恨容劉尹眞長巳見

後來年少多有道深公者深公謂曰黃吻年少勿爲評論宿士昔嘗與元明二帝王庾二公周旋高逸沙門傳曰晉元明二帝游心玄虛託情道味以賓友禮待法師王公庾公傾心側席

主名卿非人口吻寧是方正

王氏有名者初出多作秘書郎故以尚書郎爲第二入

乃盛德語亦取其真耳

好同臭味也

王中郎年少時坦之已見江虨爲僕射領選欲擬之爲尚書郎有語王者王曰自過江來尚書郎正用第二人何得擬我江聞而止按王彪之別傳曰彪之從伯導謂彪之曰選曹舉汝爲尚書郎中可作諸王佐邪此知郎官寒素之品也

王述轉尚書令事行便拜文度曰故應讓杜許藍田云汝謂我堪此不文度曰何爲不堪但克讓自是美事恐不可闕藍田慨然曰既云堪何

註引別傳以實述之方正眞臨川忠臣也

孫多穢行故累受此辱恐其自托詔文

爲復讓人言汝勝我定不如我述別傳曰述常以謂人之處世當先量己而後動義無虛讓是以應辭便當固執其貞正不踰皆此類

孫興公作庾公誄文多託寄之辭綽集載誄文曰咨予與公風流同歸擬量託情視公猶師君子之交相與無私虛中納是吐誠誨非雖實不敏敬佩弦韋永戢話言日誦心悲既成示庾道恩庾見慨然送還之曰先君與君自不至於此道恩庾羲小字徐廣晉紀曰羲字叔和太尉亮第三子拔尚率到位建威將軍吳國內史

王長史求東陽撫軍不用簡文後疾篤臨終撫軍

此何與方正

此謂撫軍於其臨終方以此命之

謂我若言君亦不用聽記謂問坐間因語都不白不下意如不着意

哀歎曰吾將負仲祖於此命用之長史曰人言會稽王癡眞癡王濛已見

劉簡作桓宣武別駕後爲東曹參軍劉氏譜曰簡字仲約南陽人祖喬豫州刺史父斑潁川太守簡仕至大司馬參軍頗以剛直見疎嘗聽記簡都無言宣武問劉東曹何以不下意答曰會不能用宣武亦無怪色

劉眞長王仲祖共行日旰未食有相識小人貽其餐肴案甚盛眞長辭焉仲祖曰聊以充虛何

此語殊有說
謂從此作因緣

苦辭眞長曰小人都不可與作緣孔子稱唯女子與小人爲難養近之則不遜遠之則怨劉尹之意蓋從此言也

王修齡嘗在東山甚貧乏司州已見陶胡奴爲烏程令胡奴陶範小字陶侃別傳曰範字道則侃第十子侃諸子中最知名歷尚書秘書監何法盛以爲第九子送一船米遺之卻不肯取直答語王修齡若饑自當就謝仁祖索食不須陶胡奴米

阮光祿阮裕已見赴山陵至都不往殷劉許過事便還諸人相與追之既亦知時流必當逐已乃遄

更無倫理

安石渚會稽地名

蒲溫之辭

亦且不成語

疾而去至方山不相及中興書曰裕終日頹然無所錯綜而物自宗之劉尹時爲會稽乃嘆曰我入當泊安石渚下耳不敢復近思曠傍伊便能捉杖打人不易

王劉與桓公共至覆舟山看酒酣後劉牽腳加桓公頸桓公甚不堪舉手撥去既還王長史語劉曰伊詎可以形色加人不温別傳曰温有豪邁風氣也

桓公問桓子野謝安石料萬石必敗何以不諫子野桓伊小字也續晉陽秋曰伊字叔夏譙國銍人父景護軍將軍伊少有才藝又善聲律加

此無處著方正

以標梧省率爲王濛劉惔所知累遷豫州刺史贈右將軍子野答曰故當出於難犯耳桓作色曰萬石撓弱凡才有何嚴顏難犯

羅君章曾在人家主人令與坐上客共語答曰相識已多不煩復爾羅府君別傳曰含字君章桂陽耒陽人蓋楚熊姓之後啟上羅國遂氏族焉後寓湘境故爲桂陽人含臨海太守彥曾孫滎陽太守綏少子也桓宣武辟爲別駕以官廨諠擾於城西池小洲上立茅茨伐木爲牀織葦爲席布衣蔬食晏若有餘桓公嘗謂衆坐曰此自江左之清秀豈唯荊楚而已累遷散騎常侍廷尉長沙相致仕中散大

是不平語

夫門施行馬舍自在官舍有一白雀棲集堂宇及致仕還家階庭忽蘭菊挺生豈非至行之徵邪

韓康伯病拄杖前庭消搖韓伯已見見諸謝皆富貴轟隱交路歎曰此復何異王莽時漢書曰王莽宗族凡十侯五大司馬

王文度爲桓公長史時桓爲兒求王女王許咨藍田王坦之王述並已見既還藍田愛念文度雖長大猶抱著厀上文度因言桓求已女婚藍田大怒排

舊以面兵爲句而不可解今始曉所以言文度癡兒畏桓溫面孔渠兵也那可嫁女與兵

竟是小兒

文度下厀曰惡見文度已復癡畏桓溫面兵那可嫁女與之文度還報云下官家中先得婚處桓公曰吾知矣此尊府君不肯耳後桓女遂嫁文度兒王氏譜曰坦之子愷娶桓溫第二女字伯子中興書曰愷字茂仁歷吳國內史丹陽尹贈太常

王子敬數歲時嘗看諸門生樗蒲見有勝負因曰南風不競春秋傳曰楚伐鄭師曠曰不害吾驟歌南風南風不競多死聲楚必無功杜預曰歌者吹律以詠八風南風音微故曰不競也門生輩輕其小兒

子敬故慕此二人

謝公欲用人何必須其一詣

意未肯降

廼曰此郎亦管中窺豹時見一斑子敬瞋目曰遠慚荀奉倩近愧劉真長遂拂衣而去荀劉已見

謝公聞羊綏佳致意令來終不肯詣羊氏譜曰綏字仲彥太山人父楷尚書郎綏仕至中書侍郎後綏爲太學博士因事見謝公公即取以爲主簿

王右軍與謝公詣阮公阮思曠也至門語謝故當共推主人謝曰推人正自難

太極殿始成徐廣晉紀曰孝武寧康二年尚書令王彪之等啟改作新宮太元三

謂薄待大臣也然殿牌此之蠹翁擲去似為不可

年二月內外軍六千人始營築至七月而成太極殿高八丈長二十七丈廣十丈尚書謝萬監視賜爵關內侯大匠毛安之關中侯王子敬時為謝公長史謝送版使王題之王有不平色語信云可擲箸門外謝後見王曰題之上殿何若昔魏朝韋誕諸人亦自為也王曰魏阼所以不長謝以為名言宋明帝文章志曰太元中新宮成議者欲屈王獻之題榜以為萬代寶謝安與王語次因及魏時起凌雲閣忘題榜乃使韋仲將縣梯上題之比下須髮盡白裁餘氣息還語子弟云宜絕楷法安欲以此風動其意王解其旨正色曰此奇事韋仲將魏朝大臣寧可使其若此有以知魏德之

此亦僅得簡傲耳

不長安知其心廼不復逼之

王恭欲請江盧奴爲長史晨往詣江江猶在帳中王坐不敢即言良久乃得及江不應盧奴江敳小字也晉安帝紀曰敳字仲凱濟陽人祖正散騎常侍父彪僕射並以義正器素知名當世敳歷位內外簡退著稱歷黄門侍郎驃騎咨議直喚人取酒自飲一盌又不與王王且笑且言那得獨飲江云卿亦復須邪更使酌與王王飲酒畢因得自解去未出戶江歎曰人自量固爲難宋書曰敳即湘州江夷之父也夷字茂遠湘州

善對

捷急揺耳非
方正

刺史

孝武問王爽卿何如卿兄王答曰風流秀出臣不如恭忠孝亦何可以假人中興書曰爽忠孝正直烈宗崩王國寶夜開門入爲遺詔爽爲黄門郎拒之曰大行晏駕太子未立敢先入者斬國寶懼乃止

王爽與司馬太傅飲酒太傅醉呼王爲小子王曰亡祖長史與簡文皇帝爲布衣之交亡姑亡姊伉儷二宮何小子之有中興書曰王蒙女諱穆之爲哀帝皇后王蘊女諱法惠爲孝武皇后

世說卷三　方正　六十二

處事分耳非方正

張玄與王建武先不相識張玄已見建武王忱也晉安帝紀曰忱初作荊州刺史後爲建武將軍後遇於范豫章許范令二人共語范甯已見張因正坐斂衽王孰視良久不對張大失望便去范苦譬留之遂不肯住范是王之舅王氏譜曰王坦之娶順陽郡范汪女名蓋卽甯妹也生忱乃讓王曰張玄吳士之秀亦見遇於時而使至於此深不可解王笑曰張祖希若欲相識自應見詣范馳報張張便束帶造之遂舉觴對語賓主無愧色

世說新語

雅量

豫章太守顧劭吳紀曰劭字孝則吳郡人起家爲豫章太守是雍之子劭在郡卒雍盛集僚屬自圍棊江表傳曰雍字元歎曾就蔡伯喈伯喈賞異以其名與之雍累遷尚書令封陽遂鄉侯拜侯還第家人不知爲人不飲酒寡言語孫權嘗曰顧侯在坐令人不樂位至丞相外啓信至而無兒書雖神氣不變而心了其故以爪掐掌血流沾褥賓客既散方歎曰已無延陵之高豈可有喪明

之責

禮記曰：延陵季子適齊，及其反也，長子死，葬於嬴博之間。孔子曰：延陵季子，吳之習於禮者也。往而觀其葬焉，其坎深不至於泉，斂以時服。既葬而封，廣輪揜坎，其高可隱。既封，左袒，右還其封，且號者三，曰：骨肉歸復於土，命也。若魂氣則無不之也，無不之也。而遂行。孔子曰：延陵季子之於禮也，其合矣乎。子夏喪子而喪明，曾子弔之，曰：朋友喪明則哭之。曾子哭，子夏亦哭，曰：天乎，予之無罪也。曾子怒曰：商，汝何無罪也？吾與汝事夫子於洙泗之間，退而老於西河之上，使西河之民疑汝於夫子，爾罪一也；喪爾親，使民未有聞焉，爾罪二也；喪爾子，喪爾明，爾罪三也。子夏投其杖而拜，曰：吾過矣，吾過矣。

於是豁情散哀，顏色自若。

嵇中散臨刑東市，神氣不變，索琴彈之，奏廣陵散曲終曰袁孝尼嘗請學此散吾靳固不與廣陵散於今絶矣晉陽秋曰初康與東平呂安親善安嫡兄遜淫安妻徐氏安欲告遜遣妻以咨於康康喻而抑之遜內不自安陰告安撾母表求徙邊安當徙訴自理辭引康文士傳曰呂安罹事康詣獄以明之鍾會庭論康曰今皇道開明四海風靡邊鄙無詭隨之民街巷無異口之議而康上不臣天子下不事王侯輕時傲世不為物用無益於今有敗於俗昔太公誅華士孔子戮少正卯以其負才亂羣惑衆也今不誅康無以清潔王道於是錄康閉獄臨死而兄弟親族咸與共别康顏色不變問其兄曰向以琴來不邪兄曰以來康取調之為太平引曲成歎曰太平引於今絶也

太學生三千人上書請以為

夏侯故雅量然得無傳之小過

此自足夙惠何關雅量

師不許文王亦尋悔焉王隱晉書曰康之下獄太學生數千人請之于時豪俊皆隨康入獄悉解喻一時散遣康竟與安同誅

夏侯太初嘗倚柱作書時大雨霹靂破所倚柱衣服焦然神色無變書亦如故賓客左右皆跌蕩不得住見顧愷之書贊語林曰太初從魏帝拜陵陪列於松栢下時暴雨霹靂正中所立之樹冠冕焦壞左右覩之皆伏太初顏色不改臧榮緒又以爲諸葛誕也

王戎七歲嘗與諸小兒遊看道邊李樹多子折枝諸兒競走取之唯戎不動人問之答曰樹在

當入夙惠

道邊而多子，此必苦李。取之信然。名士傳曰：戎由是幼有神童之稱也。

魏明帝於宣武場上斷虎爪牙，縱百姓觀之。王戎七歲，亦往看。虎承間攀欄而吼，其聲震地，觀者無不辟易顛仆。戎湛然不動，了無恐色。竹林七賢論曰：明帝自閣上望見，使人問戎姓名而異之。

王戎爲侍中，南郡太守劉肇遺筒中箋布五端。戎雖不受，厚報其書。晉陽秋曰：司隸校尉劉毅奏南郡太守劉肇以布五

十疋雜物遺前豫州刺史王戎請檻車徵付廷
尉治罪除名終身戎以書未達不坐竹林七賢
論曰戎報肇書議者僉以爲譏世祖患之乃發
口詔曰以戎之爲士義豈懷私議者乃息戎亦
不
謝

裴叔則被收神氣無變舉止自若求紙筆作書
書成救者多乃得免後位儀同三司晉諸公贊曰楷息瓚
娶楊駿女駿誅以相婚黨收付廷尉侍中傅祗
證楷素意由此得免名士傳曰楚王之難李肇
惡楷名重收將害之楷神色不變舉動自若諸
人請救得免晉陽秋曰楷與王戎俱加儀同三
司

孫玄洞譚眵聽闇書丘合平聲又曰闇當似是俗語

王夷甫嘗屬族人事經時未行遇於一處飲燕因語之曰近屬尊事那得不行族人大怒便舉樏擲其面夷甫都無言盥洗畢牽王丞相臂與共載去在車中照鏡語丞相曰汝看我眼光迺出牛背上王夷甫蓋自謂風神英俊不至與人校

裴遐在周馥所馥設主人鄧粲晉紀曰馥字祖宣汝南人代劉淮爲鎮東將軍鎮壽陽移檄四方欲奉迎天子元皇使甘卓攻之馥出奔道卒遐與人圍棊馥司馬行酒遐正戲不時爲飲司馬恚因曳

今人說髮當亦疑闇如語當上聲

闇當之解似亦默受

換借撰

遐墜地，遐還坐，舉止如常，顏色不變，復戲如故。王夷甫問遐：「當時何得顏色不異？」答曰：「直是闇當故耳。」一作闇故當耳。一作眞是闕將故耳。

劉慶孫在太傅府，于時人士多爲所構，唯庾子嵩縱心事外，無迹可間。後以其性儉家富，說太傅令換千萬，冀其有吝，於此可乘。晉陽秋曰：劉輿字慶孫，中山人。有豪俠才筭，善交結，爲范陽王虓所暱。虓薨，太傅召之，大相委仗，用爲長史。八王故事曰：司馬越字元超，高密王泰長子。少尚布衣之操，爲中外所歸。累遷司空、太傅。太傅於衆坐中問庾庾時頽然已醉幘墮几上以頭就穿取徐答云下官家故可有兩娑千萬隨公所取於是乃服後有人向庾道此庾曰可謂以小人之慮度君子之心

王夷甫與裴景聲志好不同景聲惡欲取之卒不能回乃故詣王肆言極罵要王答己欲以分謗王不爲動色徐曰白眼兒遂作晉諸公贊曰邈字景聲河東聞喜人少有通才從兄頠器之每與言終日達曙自謂理構多如輒每謝之然未能出也歷

太傅從事中郎左司馬監東海王軍事少爲文士而經事爲將雖非其才而以罕重稱也

王夷甫長裴成公四歲不與相知時共集一處皆當時名士謂王曰裴令令望何足計王便卿裴裴曰自可全君雅志裴頠已見

有往來者云庾公有東下意或謂王公可潛稍嚴以備不虞王公曰我與元規雖俱王臣本懷布衣之好若其欲來吾角巾徑還烏衣丹陽記曰烏衣之起吳時烏衣營處所也江左初立琅邪諸王所居何所稍嚴中興書曰於是風塵

自消內外緝穆

王丞相主簿欲檢校帳下公語主簿欲與主簿周旋無爲知人几案閒事

祖士少好財阮遥集好屐並恒自經營同是一累而未判其得失祖約別傳曰約字士少范陽遒人累遷平西將軍豫州刺史鎮壽陽與蘇峻反峻敗約投石勒約本幽州冠族賓客塡門勒登高望見車騎大驚又使占奪鄉里先人田地地主多恨勒惡之遂誅約晉陽秋曰阮孚字遥集陳留人咸第二子也少有智調而無儁異累遷侍中吏部尚書廣州刺史人有詣祖見料視財物

勝負卒不待此寫得祖仁少懈作殺人

客至屏當未盡餘兩小麓箸背後傾身障之意未能平或有詣阮見自吹火蠟屐因歎曰未知一生當著幾量屐神色閑暢於是勝負始分孚別傳曰孚風韻疎誕少有門風

許侍中顧司空俱作丞相從事爾時已被遇遊宴集聚略無不同晉百官名曰許璪字思文義興陽羨人許氏譜曰璪祖盬字子良永興長父裴字季顯爲程令璪仕至吏部侍郎嘗夜至丞相許戲二人歡極丞相便命使入已帳眠顧至曉回轉

不得快孰許上牀便咍臺大鼾丞相顧諸客曰此中亦難得眠處顧和字君孝少知名族人顧榮曰此吾家騏驥也必興吾宗仕至尚書令五子治隱淳履之

庾太尉風儀偉長不輕舉止時人皆以爲假亮有大兒數歲雅重之質便自如此人知是天性温太真嘗隱幔怛之此兒神色恬然乃徐跪曰君侯何以爲此論者謂不減亮蘇峻時遇害庾氏譜曰會字會宗太尉亮長子年十九咸和六年遇害或云見阿恭知元規

非王教客也

非假阿恭會小字也

褚公於章安令遷太尉記室參軍按庾亮啟參佐名裒時直爲參軍不掌記室也名字已顯而位微人未多識公東出乘估客船送故吏數人投錢唐亭住錢唐縣記曰縣近海爲潮漂沒縣諸豪姓斂錢雇人輦土爲塘因以爲名也爾時吳興沈充爲縣令未詳當送客過浙江客出亭吏驅公移牛屋下潮水至沈令起彷徨問牛屋下是何物人吏云昨有一傖父來寄亭中晉陽秋曰吳人以中州人爲傖有尊

晉人以使爲信

貴客權移之令有酒色因遥問傖父欲食餅不姓何等可共語褚因舉手答曰河南褚季野遠近久承公名令於是大遽不敢移公便於牛屋下脩刺詣公更宰殺爲饌具於公前鞭撻亭吏欲以謝慙公與之酌宴言色無異狀如不覺令送公至界

郗太傅在京口遣門生與王丞相書求女壻丞相語郗信君往東廂任意選之門生歸白郗曰

晉人風致著此放誕第一在乎人中真不可無

王家諸郎亦皆可嘉聞來覓壻咸自矜持唯有一郎在東牀上坦腹臥如不聞郗公云正此好訪之乃是逸少因嫁女與焉王氏譜曰逸少羲之小字羲之妻太傅郗鑒女名璿字子房

過江初拜官輿飾供饌羊曼拜丹陽尹客來蚤者並得佳設日晏漸罄不復及精隨客早晚不問貴賤曼別傳曰曼字延祖泰山南城人父暨陽平太守曼頹縱宏任飲酒誕節與陳留阮放等號兗州八達累遷丹陽尹爲蘇峻所害羊固拜臨海竟日皆

仲智傲狠奴
無別淚

美供雖晚至亦獲盛饌時論以固之豐華不如曼之眞率明帝東宮僚屬名曰固字道安太山人文士志曰固父坦車騎長史固善草行著名一時避亂渡江累遷黃門侍郎褒其淸儉贈大鴻臚

周仲智飲酒醉瞋目還面謂伯仁曰君才不如弟而横得重名須臾舉蠟燭火擲伯仁伯仁笑曰阿奴火攻固出下策耳孫子兵法曰火攻有五一曰火人二曰火積三曰火車四曰火軍五曰火隊凡軍必知五火之變故以火攻者明也

顧和始爲楊州從事月旦當朝未入頃停車州

謂此箭若著賊則亦當應弦而倒矣[illegible]喜其射執之工以悅安之

門外周矦詣丞相歷和車邊語林曰周矦飲酒已醉著白袷憑兩人來詣丞相和覓蝨夷然不動周既過反還指顧心曰此中何所有顧搏蝨如故徐應曰此中最是難測地周矦既入語丞相曰卿州吏中有一令僕才中興書曰和有操量弱冠知名

庾太尉與蘇峻戰敗率左右十餘人乘小船西奔晉陽秋曰蘇峻作逆詔亮都督征討戰於建陽門外王師敗績亮於陳攜二弟奔溫嶠亂兵相剝掠射誤中拖工應弦而倒舉船上咸

當時宜渡難處苟以悅之矯情見謂雅量孰知其窮顏之厚耳非雅量

失色分散亮不動容徐曰此手那可使著賊衆廼安

庾小征西嘗出未還婦母阮是劉萬安妻劉氏譜曰劉綏妻陳留阮蕃女字幼娥綏別見與女上安陵城樓上俄頃翼歸策良馬盛輿衛阮語女聞庾郎能騎我何由得見婦告翼庾氏譜曰翼娶高平劉綏女字靜女翼便爲於道開鹵簿盤馬始兩轉墜馬墮地意色自若

宣武桓溫與簡文太宰武陵王晞共載密令人在輿前

後鳴鼓大叫鹵簿中驚擾太宰惶怖求下輿顧看簡文穆然清恬宣武語人曰朝廷間故復有此賢續晉陽秋曰帝性溫深雅有局鎮嘗與桓溫太宰武陵王晞同乘至板橋溫密勑令無因鳴角鼓譟部伍並驚馳溫陽駭異晞大震帝舉止自若音顏無變溫每以此稱其德量故論者謂溫服憚也

王劭王薈共詣宣武劭薈別傳曰劭字敬倫丞相導第五子清貴簡素研味玄賾大司馬桓溫稱爲鳳雛累遷尚書僕射吳國內史薈字敬文丞相最小子有清譽夷泰無競仕至鎮軍將軍正值收庾希家中興書曰希字始彥司空冰長子累遷徐

古人常留此
等與後人咲
今人則不然

兖二州刺史希兄弟貴盛桓温忌之諷免希官遂奔於暨陽初郭璞筮氷子孫必有大禍唯固三陽可以有後故希求鎮山陽弟友爲東陽希自家暨陽及温誅希弟柔倩聞希難逃於海陵後還京口聚衆事敗爲温所誅

薈不自安逡巡欲去郄堅坐不動待收信還得不定迺出論者以郄爲優

桓宣武與郄超議芟夷朝臣條牒既定其夜同宿續晉陽秋曰超謂温雄武當樂推之運遂深自委結温亦深相器重故潛謀密計莫不預焉明晨起呼謝安王坦之入擲疏示之郄猶在帳内謝都無言王直擲還云多宣武取筆欲除

益字作變

郗不覺竊從帳中與宣武言謝含笑曰郗生可謂入幕賓也帳一作帷

謝太傅盤桓東山時與孫興公諸人汎海戲中興書曰安元居會稽與支道林王羲之許詢共游處出則漁弋山水入則談說屬文未嘗有處世意也風起浪涌孫王諸人色並遽便唱使還太傅神情方王吟嘯不言舟人以公貌閑意說猶去不止既風轉急浪猛諸人皆諠動不坐公徐云如此將無歸衆人即承響而回於是審其量足

桓自可人

憚字作[illegible]

以鎮安朝野

桓公伏甲設饌廣延朝士因此欲誅謝安王坦之晉安帝紀曰簡文晏駕遺詔桓温依諸葛亮王導故事温大怒以爲黜其權謝安王坦之所建也入赴山陵百官拜於道側在位望者戰慄失色或云自此欲殺王謝王甚遽問謝曰當作何計謝神意不變謂文度曰晉阼存亡在此一行相與俱前王之恐狀轉見於色謝之寬容愈表於貌望階趨席方作洛生詠諷浩浩洪流桓憚其曠遠乃趣解兵按宋明帝文章志曰安能

與前泛海合得自在

此意又異雅量

作洛下書生詠而少有鼻疾語音濁後名流多斆其詠弗能及手掩鼻而吟焉桓溫止新亭大陳兵衛呼安及坦之欲於坐害之王入失厝倒執手版汗流霑衣安神姿舉動不異於常舉目徧歷溫左右衛士謂溫曰安聞諸侯有道守在四鄰明公何有壁間著阿堵輩溫笑曰正自不能不爾於是矜莊之心頓盡命部左右促燕行觴笑語移日王謝舊齊名於此始判優劣

謝太傅與王文度共詣郗超日旰未得前王便欲去謝曰不能爲性命忍俄頃超得寵桓溫專殺生之威

支道林還東高逸沙門傳曰遁爲哀帝所迎游京邑久心在故山拂衣王都還就

送一傖何至争逝至此子猶小人語耍淺根

巖穴

時賢並送於征虜亭丹陽記曰太安中征虜將軍謝安立此亭因以爲名蔡子叔前至坐近林公中興書曰蔡系字子叔濟陽人司徒謨第二子有文理仕至撫軍長史謝萬石後來坐小遠蔡暫起謝移就其處蔡還見謝在焉因合褥舉謝擲地自復坐謝冠幘傾脫乃徐起振衣就席神意甚平不覺瞋沮坐定謂蔡曰卿奇人殆壞我面蔡答曰我本不爲卿面作計其後二人俱不介意

郗嘉賓欽崇釋道安德問安和上傳曰釋道安者常山薄柳人本姓

是道人語

我輩人也

衛年十二作沙門神性聰敏而貌至陋佛圖澄甚重之值石氏亂於陸渾山木食修學爲慕容駿所逼乃住襄陽以佛法東流經籍錯謬更爲條章標序篇目爲之注解自支道林等皆宗其理無疾卒餉米千斛修書累紙意寄殷勤道安答直云損米愈覺有待之爲煩

謝安南免吏部尚書還東晉百官名曰謝奉字弘道會稽山陰人謝氏譜曰奉祖端散騎常侍父鳳丞相主簿奉歷安南將軍廣州刺史吏部尚書謝太傅赴桓公司馬出西相遇破岡既當遠別遂停三日共語太傅欲慰其失官安南輒引以它端雖

甚善我輩所不及

信宿中塗竟不言及此事太傅深恨在心未盡謂同舟曰謝奉故是奇士

戴公從東出謝太傅往看之謝本輕戴見但與論琴書戴既無吝色而談琴書愈妙謝悠然知其量晉安帝紀曰戴逵字安道譙國人少有清操恬和通任爲劉真長所知性甚快暢泰於娛生好鼓琴善屬文尤樂遊燕多與高門風流者游談者許其通隱屢辭徵命遂著高尚之稱

謝公與人圍棊俄而謝玄淮上信至看書竟默

只如此本分
本分

然無言，徐向局。客問淮上利害，答曰：「小兒輩大破賊。」意色舉止，不異於常。續晉陽秋曰：初，苻堅南寇，京師大震。謝安無懼色，方命駕出墅，與兄子玄圍棊。夜還，乃處分，少日皆辦。破賊又無喜容。其高量如此。謝車騎傳曰：氐賊苻堅傾國大出，衆號百萬。朝廷遣諸軍距之，凡八萬。堅進屯壽陽，玄爲前鋒都督，與從弟琰等選精鋭決戰，射傷堅，俘獲數萬計，得僞輦及雲母車，寶器山積，錦罽萬端，牛馬驢騾駝十萬頭匹。

王子猷、子敬曾俱坐一堂上，忽發火。子猷遽走避，不遑取屐；晉百官名曰：王徽之，字子猷。中興書曰：徽之，羲之第五子，卓犖不羈。

謂我在位時坎之自任吞虜

語都無取獨釣碣可用

欲爲傲達仕至黄門侍郎子敬神色恬然徐喚左右扶憑而出不異平常續晉陽秋曰獻之雖不脩賞貫而容止不妄世以此定二王神宇

符堅遊魂近境堅別見謝太傅謂子敬曰可將當軸了其此處

王僧彌謝車騎共王小奴許集王珉謝玄並已見小奴王薈小字也僧彌舉酒勸謝云奉使君一觴謝曰可爾謝玄曾爲徐州故云使君僧彌勃然起作色曰汝故是吳興溪

此不可解

阿奇試法

中鈞碣耳何敢鑄張玄叔父安曾爲吳興玄少時從之遊故珉云然謝徐撫掌而笑曰衛軍僧彌殊不肅省乃侵陵上國也

王東亭爲桓宣武主簿既承藉有美譽公甚欲其人地爲一府之望初見謝失儀而神色自若坐上賓客卽相貶笑公曰不然觀其情貌必自不凡吾當試之後因月朝閣下伏公於內走馬直出突之左右皆宕仆而王不動名價於是大

時字作[illegible]

重咸云是公輔器也續晉陽秋曰珣初辟大司馬掾桓温至重之常稱王掾必爲黑頭公未易才也

太元末長星見孝武心甚惡之徐廣晉紀曰泰元二十年九月有蓬星如粉絮東南行歷須女至哭星按太元末唯有此妖不聞長星也且漢文八年有長星出東方文穎注曰長星有光芒或竟天或長十丈或二三丈無常也此星見多爲兵革事此後十六年文帝乃崩蓋知長星非關天子世說虛也夜華林園中飲酒舉桮屬星云長星勸爾一桮酒自古何時有萬歲天子

甚得俳慢戲復何足贊

如見其情狀

殷荆州有所識作賦是束皙慢戲之流文士傳曰皙字廣微陽平元城人漢太子太傅疎廣後也王莽末廣曾孫孟達自東海避難元城改姓去疎之足以爲束氏皙博學多識問無不對元康中有人自嵩高山下得竹簡一枚上兩行科斗書司空張華以問皙皙曰此明帝顯節陵中策文也檢校果然曾爲䴵賦諸文文甚俳諧三十九歲卒元城爲之廢市殷甚以爲有才語王恭適見新文甚可觀便於手巾函中出之王讀殷笑之不自勝王看竟既不笑亦不言好惡但以如意帖之而已殷悵然自失

寫得逼截可憎又自如見人情有此傳聞之纖小說不厭

羊綏第二子孚少有儁才與謝益壽相好益壽謝琨小字也嘗蚤往謝許未食俄而王齊王睹來王睹已見齊王熙小字也中興書曰熙字叔和恭次弟尚鄱陽公主太子洗馬蚤卒既先不相識王向席有不說色欲使羊去羊了不眄唯腳委几上詠矚自若謝與王敘寒溫數語畢還與羊談賞王方悟其奇乃合共語須臾食下二王都不得餐唯屬羊不暇羊不大應對之而盛進食食畢便退遂苦相留羊義不住直云向者不

此等語亦傷雅

得從命中國尚虛二王是孝伯兩弟

識鑒

曹公少時見喬玄玄謂曰天下方亂羣雄虎爭撥而理之非君乎然君實是亂世之英雄治世之姦賊恨吾老矣不見君富貴當以子孫相累

續漢書曰玄字公祖梁國睢陽人少治禮及嚴氏春秋累遷尚書令玄嚴明有才略長於知人初魏武帝爲諸生未知名也玄甚異之魏書曰玄見太祖曰吾見士多矣未有若君者天下將亂非命世之才不能濟也能安之者其在君乎按世語曰玄謂太祖君未有名可交許子將太

註是

此語未有喻者

此語似事後論人不宜預知至此

祖乃造子將子將納焉孫盛雜語曰太祖嘗問許子將我何如人固問然後子將答曰治世之能臣亂世之姦雄太祖大笑世說所言謬矣

曹公問裴潛曰卿昔與劉備共在荊州卿以備才如何潛曰使居中國能亂人不能爲治若乘邊守險足爲一方之主魏志曰潛字文行河東人避亂荊州劉表待之賓客禮潛私謂王粲司馬芝曰劉牧非霸王之才而欲以西伯自處其敗無日矣遂南渡適長沙

何晏鄧颺夏侯玄並求傅嘏交而嘏終不許魏略

曰鄧颺字玄茂南陽宛人鄧禹之後也少得士名明帝時爲中書郎以與李勝等爲浮華被斥正始中遷侍中尚書爲人好貨臧艾以父妾與颺得顯官京師爲之語曰以官易富鄧玄茂何晏選不得人頗由颺以黨曹爽誅諸人乃因荀粲說合之謂嘏曰夏侯太初一時之傑士虛心於子而卿意懷不可交合則好成不合則致隟二賢若穆則國之休此藺相如所以下廉頗也史記曰相如以功大拜上卿位在廉頗右頗怒欲辱之相如每稱疾望見引車避匿其舍人欲去之相如曰夫以秦王之威而吾廷叱之何畏廉將軍哉顧秦彊趙弱秦以吾二人故不敢加兵於趙今兩虎鬭勢不俱生吾

名言

據此傅荀顗先識擇交故當動與福會而別傳乃云鍾會年少嘏以明智交會之太初不猶勝於交叛臣乎

以公家急而後私讐也顏聞謝罪

傅曰夏侯太初志大心勞能合虛譽誠所謂利口覆國之人何晏鄧颺有爲而躁博而寡要外好利而內無關籥貴同惡異多言而妬前多言多釁妬前無親以吾觀之此三賢者皆敗德之人爾遠之猶恐罹禍況可親之邪後皆如其言傅子曰是時何晏以才辯顯於貴戚之間鄧颺好交通合徒黨鬻聲名於閭閻夏侯玄以貴臣子少有重名皆求交於嘏嘏不納也嘏友人荀粲有清識遠志然猶勸嘏結交云

兵不當廢何在孫吳

晉武帝講武於宣武場帝欲偃武修文親自臨幸悉召羣臣山公謂不宜爾因與諸尚書言孫吳用兵本意遂究論舉坐無不咨嗟皆曰山少傅乃天下名言史記曰孫武齊人吳起衛人竝善兵法竹林七賢論曰咸寧中吳既平上將爲桃林華山之事息役弭兵示天下以大安於是州郡悉去兵大郡置武吏百人小郡五十人時京師猶講武山濤因論孫吳用兵本意濤爲人常簡默蓋以爲國者不可以忘戰故及之名士傳曰濤居魏晉之間無所標明甞與尚書盧欽言及用兵本意武帝聞之曰山少傅名言也後諸王驕汰輕遘禍難於是寇盜處處

代父致辭

羊公識更高於巨源

蟻合郡國多以無備不能制服遂漸熾盛皆如公言時人以謂山濤不學孫吳而闇與之理會王夷甫亦歎云公闇與道合竹林七賢論曰永寧之後諸王構禍狄虜數起皆如濤言名士傳曰王夷甫推歎濤晻晻爲與道合其深不可測皆此類也

王夷甫父乂爲平北將軍有公事使行人論不得時夷甫在京師命駕見僕射羊祜尚書山濤夷甫時總角姿才秀異敘致既快事加有理濤甚奇之既退看之不輟乃嘆曰生兒不當如王

別史云二王當國羊公無德更作

夷甫邪羊祜曰亂天下者必此子也晉陽秋曰夷甫父乂有簡書將免官夷甫年十七見所繼從舅羊祜申陳事狀辭甚俊偉祜不然之夷甫拂衣而起祜顧謂賓客曰此人必將以盛名處當世大位然敗俗傷化者必此人也漢晉春秋曰初羊祜以軍法欲斬王戎夷甫又忿祜言其必敗不相貴重天下爲之語曰二王當朝世人莫敢稱羊公之有德

潘陽仲見王敦小時謂曰君蜂目已露但豺聲未振耳必能食人亦當爲人所食晉陽秋曰潘滔字陽仲滎陽人太常尼從子也有文學才識永嘉末爲河南尹遇害漢晉春秋曰初王夷甫言東海王越

無容面斥之詩語是也

轉王敦爲揚州潘滔初爲太傅長史言於太傅曰王處仲蜂目已露豺聲未發今樹之江外肆其豪彊之心是賊之也晉陽秋曰敦爲太子舍人與滔同僚故有此言習孫二說便小遷異春秋傳曰楚令尹子上謂世子商臣蜂目而豺聲忍人也

石勒不知書石勒傳曰勒字世龍上黨武鄉人匈奴之苗裔也雄勇好騎射晉元康中流宕山東與平原茌平人師歡家庸耳恒聞鼓角鞞鐸之音勒私異之初勒鄉里原上地中生石日長類鐵騎之象國中生人參葩葉甚盛于時父老相者皆云此胡體貌奇異有不可知勸邑人厚遇之人多哂而不信永嘉初豪傑並起與胡王陽等十八騎詣汲桑爲左前督桑敗共推勒爲主攻下州縣都於襄國後僭正號死謚明皇帝使人讀漢書聞

酈食其勸立六國後刻印將授之大驚曰此法當失云何得遂有天下至留侯諫迺曰賴有此耳鄧粲晉紀曰勒手不能書目不識字每於軍中令人誦讀聽之皆解其意漢書曰項羽急圍漢王於滎陽漢王與酈食其謀撓楚權食其勸立六國後王令趣刻印張良入諫以爲不可輟食吐哺罵酈生曰豎儒幾敗乃公事趣令銷印

衛玠年五歲神衿可愛祖太保曰此兒有異顧吾老不見其大耳晉諸公贊曰瓘字伯玉河東安邑人少以明識清允稱傳嘏及貴重之謂之甯武子仕至太保爲楚王瑋所害玠別傳曰玠有虛令之秀清勝之氣在羣

伍之中有異人之望。祖太保見玠五歲，曰：「此兒神爽聰令，與衆人異，吾恐年老不及見爾。」

劉越石云：「華彥夏識能不足，彊果有餘。」虞預晉書曰：華軼字彥夏，平原人，魏太尉歆曾孫也。累遷江州刺史，傾心下士，甚得士歡心。以不從元皇命見誅。漢晉春秋曰：劉琨知軼必敗，謂其自取之也。

張季鷹辟齊王東曹掾，在洛見秋風起，因思吳中菰菜羹、鱸魚膾，曰：「人生貴得適意爾，何能羈宦數千里以要名爵！」遂命駕便歸。俄而齊王敗，時人皆謂爲見機。文士傳曰：張翰字季鷹，父儼，吳大鴻臚。翰有清才美望，博學善屬文造次立成辭義清新大司馬齊王冏辟爲東曹掾翰謂同郡顧榮曰天下紛紛未已夫有四海之名者求退良難吾本山林間人無望於時久矣子善以明防前以智慮後榮捉其手愴然曰吾亦與子採南山蕨飲三江水爾翰以疾歸榮以輒去除吏名性至孝遭母艱哀毀過禮自以年宿不營當世以疾終於家

諸葛道明初過江左自名道明名亞王庾之下中興書曰恢避難過江與潁川荀道明陳留蔡道明俱有名譽號曰中興三明時人爲之語曰京都三明各有名蔡氏儒雅荀葛清先爲臨沂令丞相謂曰明府當爲黑頭公語林曰丞相拜司空諸葛道明在公坐指冠冕曰君當復著此

人敗可耳何得定知死塢壁間傳會多如此

王平子素不知眉子曰志大其量終當死塢壁間晉諸公贊曰王玄字眉子夷甫子也東海王越辟爲掾後行陳留太守大行威罰爲塢人所害

王大將軍始下楊朗苦諫不從遂爲王致力乘中鳴雲露車逕前曰聽下官鼓音一進而捷王先把其手曰事克當相用爲荊州既而忘之以爲南郡晉百官名曰朗字世彥弘農人也楊氏譜曰朗祖囂典軍校尉父淮冀州刺史王隱晉書曰朗有器識才量善能當世仕至雍州刺史王敗後明帝收朗

欲殺之帝尋崩得免後兼三公署數十人爲官
屬此諸人當時竝無名後皆被知遇于時稱其
知人

周伯仁母冬至舉酒賜三子曰吾本謂度江託
足無所爾家有相爾等竝羅列吾前復何憂周
嵩起長跪而泣曰不如阿母言伯仁爲人志大
而才短名重而識闇好乘人之弊此非自全之
道嵩性狼抗亦不容於世唯阿奴碌碌當在阿

語甚可悲

母目下耳鄧粲晉紀曰阿奴嵩之弟周謨也三周並已見

王大將軍既亡王應欲投世儒世儒爲江州王含欲投王舒舒爲荆州含語應曰大將軍平素與江州云何而汝欲歸之應曰此迺所以宜往也晉陽秋曰應字安期含子也敦無子養爲嗣以爲武衛將軍用爲副貳伏誅江州當人彊盛時能抗同異此非常人所行及覩衰危必興愍惻王彬別傳曰彬字世儒瑯邪人祖覽父正並有名德彬爽氣出儕類有雅正之韻與元帝姨兄弟佐佑皇業累遷侍中從兄敦下石頭害周伯仁彬與顗素善往哭

英賢獨見爲
鑒後來色不
自靈可傷可
戒江州未必
不以滅親自
詭不知舒後
如何

其尸甚慟既而見敦敦怪其有慘容而問之荅曰向哭周伯仁情不能已敦曰伯仁自致刑戮汝復何爲者哉彬曰伯仁清譽之士有何罪因數敦曰抗旌犯上殺戮忠良音辭慷慨與淚俱下敦怒甚丞相在坐代爲之解命彬曰拜謝彬曰有足疾此來見天子尚不能拜何跪之有敦曰脚疾何如頸疾以親故不害之累遷江州刺史左僕射贈衛將軍荆州守文豈能作意表行事舍不從遂共投舒舒果沈舍父子於江王舒傳曰舒字處明琅邪人祖覽知名父會侍御史舒器業簡素有文武幹中宗用爲北中郎將荆州刺史尚書僕射出爲會稽太守以父名會累表自陳討蘇峻有功封彭澤侯贈車騎大將軍彬聞應當來密具船以待之竟不得

來深以爲恨含之投舒舒遺軍逆之含父子赴水死昔鄭寄責友見譏况皈兄弟以求安舒非人矣

武昌孟嘉作庾太尉州從事已知名褚太傅有知人鑒能豫章還過武昌問庾曰聞孟從事佳今在此不庾云卿自求之褚眄睞良久指嘉曰此君小異得無是乎庾大笑曰然于時既歎褚之默識又欣嘉之見賞嘉別傳曰嘉字萬年江夏鄳人曾祖父宗吴司空祖父揖晉廬陵太守宗葬武昌陽新縣子孫家焉嘉少以清操知名太尉庾亮領江州辟嘉

部廬陵從事下都還亮引問風俗得失對曰待還當問從事吏亮舉麈尾掩口而笑語弟翼曰孟嘉故是盛德人轉勸學從事太傅褚裒有器識亮正旦大會裒問亮聞江州有孟嘉何在亮曰在坐卿但自覓裒歷觀久之指嘉曰將無是乎亮欣然而笑喜裒得嘉奇嘉爲裒所得乃益器之後爲征西桓溫參軍九月九日溫遊龍山參寮畢集時佐史並著戎服風吹嘉帽墮落溫戒左右勿言以觀其舉止嘉初不覺良久如廁命取還之令孫盛作文嘲之成著嘉坐嘉還即答四坐嗟嘆嘉喜酣暢愈多不亂溫問酒有何好而卿嗜之嘉曰明公未得酒中趣爾又問聽伎絲不如竹竹不如肉何也答曰漸近自然轉從事中郎遷長史年五十三而卒

戴安道年十餘歲在瓦官寺畫王長史見之曰

真長能識殷浩駕馭桓溫豈可王劉並稱

此童非徒能畫續晉陽秋曰逵善圖畫窮巧丹青也亦終當致名恨吾老不見其盛時耳

王仲祖謝仁祖劉真長俱至丹陽墓所省殷揚州殊有確然之志中興書曰浩棲遲積年累聘不至既反王謝相謂曰淵源不起當如蒼生何深爲憂歎劉曰卿諸人真憂淵源不起邪

小庾臨終自表以子園客爲代園客爰之小字也庾氏譜曰爰之字仲真翼第二子中興書曰爰之有父翼風桓溫徙於豫章年三十六而卒朝廷慮

其不從命，未知所遣，乃共議用桓溫。劉尹曰：「使伊去，必能克定西楚，然恐不可復制。」陶侃別傳曰：庾翼薨，表子爰之代爲荊州。何充曰：「陶公重動也，臨終高讓。丞相未薨，敬豫爲四品將軍，於今不改。親則道恩，優游散騎，未有超卓若此之授。」乃以徐州刺史桓溫爲安西將軍、荊州刺史。宋明帝文章志曰：翼表其子代任，朝廷畏憚之。議者欲以授桓溫，時簡文輔政，然之。劉惔曰：「溫去必能定西楚，然恐不能復制。願大王自鎮上流，惔請爲從軍司馬。」簡文不許。溫後果如惔所籌也。

桓公將伐蜀，在事諸賢咸以李勢在蜀既久，承藉累葉，且形據上流，三峽未易可克。唯劉尹云：

此語別見幾微者也與劉真長議殷浩同

伊必能克蜀觀其蒲博不必得則不爲華陽國志曰李勢字子仁洛陽臨渭人本巴西宕渠賨人也其先李特因晉亂據蜀特子雄稱號成都勢祖驤特弟也驤生壽壽簒位自立勢卽壽子也晉安西將軍伐蜀勢歸降遷之揚州自起至亡六世三十七年溫別傳曰初朝廷以蜀處險遠而溫衆寡縣軍深入甚以爲憂懼而溫直指成都李勢面縛語林曰劉尹見桓公每嬉戲必取勝謂曰卿乃爾好利何不焦頭及伐蜀故有此言

謝公在東山畜妓簡文曰安石必出既與人同樂亦不得不與人同憂宋明帝文章志曰安縱心事外疏略常節每畜女妓攜持遊肆也

正史堅姓從苻郎蒲之交也此云當應符命從竹非是石虎將正姓蒲不得云符郎

郗超與謝玄不善符堅將問晉鼎既已狼噬梁岐又虎視淮陰矣車頻秦書曰符堅字永固武都氐人也本姓蒲祖父洪詐稱讖文改曰符言巳當王應符命也堅初生有赤光流其室及誕背赤色隱起若篆文幼有美度石虎司隷徐正名知人堅六歲時嘗戲於路正見而異焉問曰符郎此官街小兒行戲不畏縛邪堅曰吏縛有罪不縛小兒正謂左右曰此兒有王霸相石氏亂伯父健及父雄西入關健夢天神使者朱衣冠拜肩頭爲龍驤將軍肩頭堅小字也健郎拜爲龍驤以應神命後健僭帝號死子生立凶暴羣臣殺之而立堅堅立十五年遣長樂公丕攻没襄陽十九年大興師伐晉衆號百萬水陸俱進次於項城自項城至長安連旗千里首尾不絶乃遣告晉曰巳爲晉君於

長安城中建廣夏之室今故大舉渡江相迎克日入宅也于時朝議遣玄北討人間頗有異同之論唯超曰是必濟事吾昔嘗與共在桓宣武府見使才皆盡雖履屐之間亦得其任以此推之容必能立勳元功既舉時人咸歎超之先覺又重其不以愛憎匿善中興書曰於時氐賊疆盛朝議求文武良將可鎮靖北方者衛大將軍安曰唯兄子玄可任此事中書郎郗超聞而嘆曰安違衆舉親明也玄必不負其舉

韓康伯與謝玄亦無深好玄北征後巷議疑其

此語自是

不振康伯曰此人好名必能戰續晉陽秋曰玄識局貞正有經國之才畧玄聞之甚忿常於衆中厲色曰丈夫提千兵入死地以事君親故發不得復云爲名

褚期生少時謝公甚知之恒云褚期生若不佳者僕不復相士期生褚爽小字也續晉陽秋曰爽字茂弘河南人太傅裒之孫祕書監韶之子太傅謝安見其少時歎曰若期生不佳我不復論士及長果俊邁有風氣好老莊之言當世榮譽弗之屑也雅與殷仲堪善累遷中書郎義興太守女爲恭帝皇后

郗超與傅瑗周旋瑗見其二子並總髮超觀之

良久謂瑗曰小者才名皆勝然保卿家終當在兄即傅亮兄弟也傅氏譜曰瑗字叔玉北地靈州人歷護軍長史安城太守宋書曰廸字長猷瑗長子也位至五兵尚書贈太常丘淵之文章錄曰亮字季友廸弟歷尚書令任光祿大夫元嘉三年以罪伏誅

王恭隨父在會稽王大自都來拜墓恭父蘊王忱並已見恭暫往墓下看之二人素善遂十餘日方還父問恭何故多日對曰與阿大語蟬連不得歸因語之曰恐阿大非爾之友終乖愛好果如其言

忱與恭爲王緒所間終成怨隙別見

車胤父作南平郡功曹太守王胡之避司馬無忌之難置郡於酆陰是時胤十餘歲胡之每出嘗於籬中見而異焉謂胤父曰此兒當致高名後遊集恒命之胤長又爲桓宣武所知清通於多士之世官至選曹尚書續晉陽秋曰胤字武子南平人父育爲郡主簿太守王胡之有知人識裁見謂其父曰此兒當成卿門戶宜資令學問胤就業恭勤博覽不倦家貧不常得油夏月則練囊盛數十螢火以繼日焉及長風姿美劭機悟敏率桓温在荊

州取爲從事一歲至治中胤既博學多聞又善
於激賞當時每有盛坐胤必同之皆云無車公
不樂太傅謝公遊集之日開筵以待
之累遷丹陽尹護軍將軍吏部尚書
王忱死西鎮未定朝貴人人有望時殷仲堪在
門下雖居機要資名輕小人情未以方嶽相許
晉孝武欲拔親近腹心遂以殷爲荊州事定詔
未出王珣問殷曰陝西何故未有處分殷曰已
有人王歷問公卿咸云非王自計才地必應在
已復問非我邪殷曰亦似非其夜詔出用殷王

語所親曰豈有黃門郎而受如此任仲堪此舉迺是國之亡徵晉安帝紀曰孝武深爲晏駕後計擢仲堪代王忱爲荊州仲堪雖有譽議者未以方嶽相許既受腹心之任居上流之重議者謂其殆矣終爲桓玄所敗

賞譽 上

陳仲舉嘗歎曰若周子居者眞治國之器汝南先賢傳曰周乘字子居汝南安城人天資聰朗高峙嶽立非陳仲舉王叔度之儔則不交也仲舉嘗歎曰周子居者眞治國之器也爲太山太守甚有惠政譬諸寶劍則世之干將吳越春秋曰吳王闔閭請干將作劍干將者吳人其妻曰莫邪干將采五山之精六

金之英候天地伺陰陽百神臨視而金鐵之精未流夫妻乃剪髮及爪而投之鑪中金鐵乃濡遂成二劍陽曰干將而作龜文陰曰莫邪而作漫理干將匿其陽出其陰以獻闔閭闔閭甚寶重之

世目李元禮謖謖如勁松下風李氏家傳曰膺嶽峙淵清峻貌貴重華夏稱曰潁川李府君頵頵如玉山汝南陳仲舉軒軒如千里馬南陽朱公叔飂飂如行松栢之下

謝子微見許子將兄弟曰平輿之淵有二龍焉見許子政弱冠之時歎曰若許子政者有幹國

之器正色忠謇則陳仲舉之匹汝南先賢傳曰謝甄字子微汝南邵陵人明識人倫雖郭林宗不及甄之鑒也見許子將兄弟弱冠時則曰平輿之淵有二龍仕爲豫章從事許虔字子政平輿人體尚高潔雅正寬亮謝子微見虔兄弟歎曰若許子政者幹國之器也虔弟劭聲未發時時人以謂不如虔虔恒撫髀稱劭自以爲不及也釋褐爲郡功曹黜姦發惡一郡肅然年三十五卒海內先賢傳曰許劭字子將虔弟也山峙淵停行應規表邵陵謝子微高才遠識見劭十歲時歎曰此乃希世之偉人也初劭拔樊子昭於市肆出虞承賢於客舍召李叔才於無聞擢郭子瑜於小吏廣陵徐孟本來臨汝南聞劭高名召功曹時袁紹以公族爲濮陽長棄官還副軍從騎將入郡界乃歎曰許子將秉持清格豈可以吾輿服見

之邪遂單馬而歸辟公府掾敦辟
皆不就避地江南卒於豫章也伐惡退不肖
范孟博之風張璠漢紀曰范滂字孟博汝南伊
陽人爲功曹辟公府掾升車攬轡
有澄清天下之志百城聞滂高
名皆解印綬去爲黨事見誅
公孫度目邴原所謂雲中白鶴非燕雀之網所
能羅也魏書曰度字叔濟襄平人累遷冀州刺
史遼東太守邴原別傳曰原字根矩東
管朱虛人少孤數歲時過書舍而泣師問曰童
子何泣也原曰凡得學者有親也一則願其不
孤二則羨其得學中心感傷故泣耳師惻然曰
苟欲學不須資也於是就業長則博覽洽聞金
玉其行知世將亂避地遼東公孫度厚禮之中
國既寧欲還鄉里爲度禁絶原密自治嚴謂部

註謂裴公爲頠大誤詳語意卽楷也

落日移北近郡以觀其意皆曰樂移原舊有捕魚大船請村落皆令熟醉因夜去之數日度乃覺吏欲追之度曰郡君所謂雲中白鶴非鷰鵲之網所能羅也魏王辟祭酒累遷五官中郎長史

鍾士季目王安豐阿戎了了解人意王隱晉書曰戎少清明曉悟謂裴公之談經日不竭裴頠已見吏部郎闕文帝問其人於鍾會會曰裴楷清通王戎簡要皆其選也於是用裴按諸書皆云鍾會薦裴楷王戎於晉文王文王辟以爲掾不聞爲吏部郎

王濬沖、裴叔則二人總角詣鍾士季，須臾去。後客問鍾曰：「向二童何如？」鍾曰：「裴楷清通，王戎簡要。後二十年，此二賢當爲吏部尚書，冀爾時天下無滯才。」晉陽秋曰：戎爲兒童，鍾會異之。

諺曰：「後來領袖有裴秀。」虞預晉書曰：秀字季彥，河東聞喜人。父潛，魏太常。秀有風操，八歲能著文。叔父徽有聲名，秀年十餘歲，有賓客詣徽，出則過秀。時人爲之語曰：「後進領袖有裴秀。」大將軍辟爲掾。父終，推財與兄。年二十五，遷黃門侍郎。晉受禪，封鉅鹿公。後累遷左光祿、司空。四十八薨，謚元公，配食宗廟。

據晉文作汪翔蓋汪字訛而爲江翔音訛而爲廧也然汪翔亦甚費解

少陽州人

裴令公目夏侯太初肅肅如入廊廟中不修敬而人自敬禮記曰周豐謂魯哀公曰宗廟社稷之中未施敬而民自敬一曰如入宗廟琅琅但見禮樂器見鍾士季如觀武庫但覩矛戟見傅蘭碩江廧靡所不有見山巨源如登山臨下幽然深遠玄會嘏濤並已見上

羊公還洛郭奕爲野王令晉諸公贊曰奕字泰業太原陽曲人累世舊族奕有才望歷雍州刺史尚書羊至界遣人要之郭便自往既見歎曰羊叔子何必減郭太業復往羊許小

悉還又嘆曰羊叔子去人遠矣羊既去郭送之彌日一舉數百里遂以出境免官復嘆曰羊叔子何必減顏子

王戎目山巨源如璞玉渾金人皆欽其寶莫知名其器顧愷之畫贊曰濤無所標明淳深淵默人莫見其際而其器亦入道故見者莫能稱謂而服其偉量

羊長和父繇與太傅祜同堂相善仕至車騎掾蚤卒長和兄弟五人幼孤羊氏譜曰繇字堪甫太山人祖續漢太尉

妙絕羣詞

不拜父秘京兆太守蘇歷車騎掾娶樂國禎女生五子秉洽式亮恍祜來哭見長和哀容舉止宛若成人迺歎曰從兄不亡矣

山公舉阮咸爲吏部郎目曰清眞寡欲萬物不能移也名士傳曰咸字仲容陳留人籍兄子也任達不拘當世皆怪其所爲及與之處少嗜欲哀樂至到過絕於人然後皆忘其向議爲散騎侍郎山濤舉爲吏部武帝不用太原郭弈見之心醉不覺歎服解因好酒以卒山濤啟事曰吏部郎史曜出處缺當選濤薦咸曰眞素寡欲深識清濁萬物不能移也若在官人之職必妙絕於時詔用陸亮晉陽秋曰咸行已多違禮度濤舉以爲吏部郎世祖不許竹林七賢論曰山濤之舉阮咸固知上不能用蓋惜曠世之

倫而不成

儁莫識其意故耳夫以戚之所狎方外之意稱其清眞寡欲則迹外之意自見耳

王戎目阮文業清倫有鑒識漢元以來未有此人杜篤新書曰阮武字文業陳留尉氏人父諶侍中武闊達博通淵雅之士陳留志曰武魏末河清太守族子籍年總角未知名武見而偉之以爲勝己知人多此類著書十八篇謂之阮子終於家郭泰友人宋子俊稱泰自漢元以來未有林宗之匹

武元夏目裴王曰戎尚約楷清通虞預晉書曰武陔字元夏沛國竹邑人父周魏光祿大夫陔及二弟歆茂皆總角見稱並有器望鄉人諸父未能覺其多少時同郡劉公榮名知人嘗造周周見其三子公榮曰君三子皆國士元夏器量最優有輔佐

之風力仕宦可爲亞公叔夏季夏不滅常伯納言也陔至左僕射

庾子嵩目和嶠森森如千丈松雖磊砢有節目施之大厦有棟梁之用晉諸公贊曰嶠常慕其舅夏侯玄爲人故於朝士中峨然不羣時類憚其風節

王戎云太尉神姿高徹如瑤林瓊樹自然是風塵外物名士傳曰夷甫天形奇特明秀若神人王故事曰石勒見夷甫謂長史孔萇曰吾行天下多矣未嘗見如此人當可活不萇曰彼晉三公不爲我用勒曰雖然要不可加以鋒刃也夜使推牆殺之

王汝南既除所生服遂停墓所兄子濟每來拜墓略不過叔叔亦不候濟脫時過止寒溫而已後聊試問近事答對甚有音辭出濟意外濟極惋愕仍與語轉造精微濟先略無子姪之敬既聞其言不覺懍然心形俱肅遂留其語彌日累夜濟雖儁爽自視缺然乃喟然嘆曰家有名士三十年而不知濟去叔送至門濟從騎有一馬絕難乘少能騎者濟聊問叔好騎乘不曰亦好

爾濟又使騎難乘馬叔姿形既妙回策如縈名騎無以過之濟益歎其難測非復一事鄧粲晉紀曰王湛字處沖太原人隱德人莫之知雖兄弟宗族亦以爲癡唯父昶異焉昶喪居墓次兄子濟往省湛見牀頭有周易謂湛曰叔父用此何爲頗曾看不湛笑曰體中佳時脫復看耳今日當與汝言因共談易剖析入微妙言奇趣濟所未聞歎不能測濟性好馬而所乘馬駿駛意甚愛之湛曰此雖小駛然力薄不堪苦近見督郵馬當勝此但養不至耳濟取督郵馬穀食十數日與湛試之湛未嘗乘馬卒然便馳騁步驟不異於濟而馬不相勝湛曰今直行車路何以別馬勝不唯當就蟻封耳於是就蟻封盤馬果倒踣其儁識天才乃爾既還渾問濟何

不言如父而言勝巳若然有王子敬意然濟實有勝父處

以暫行累日濟曰始得一叔渾問其故濟具歎
述如此渾曰何如我濟曰濟以上人武帝每見
濟輒以湛調之曰卿家癡叔死未濟常無以答
既而得叔後武帝又問如前濟曰臣叔不癡稱
其實美帝曰誰比濟曰山濤以下魏舒以上晉陽
秋曰濟有人倫鑒識其雅俗是非少所優潤見
湛歎服其德宇時人謂湛上方山濤不足下比
魏舒有餘湛聞之曰欲以我處季孟之間乎王
隱晉書曰魏舒字陽元任城人幼孤爲外氏甯
家所養甯氏起宅相者曰當出貴甥外祖母意
以盛氏甥小而惠謂應相也舒曰當爲外氏成

此宅相少名遲鈍叔父衡使守水碓每言舒堪八百戶長我願畢矣舒不以介意身長八尺二寸不修常人近事少工射著韋衣入山澤每獵大獲爲後將軍鍾毓長史毓與參佐射戲舒常爲坐畫籌後値朋人少以舒充數於是發無不中加博措閑雅殆盡其妙毓歎謝之曰吾之不足盡卿如此射矣轉相國參軍晉王每朝罷目送之曰魏舒堂堂人之領袖累遷侍中司徒

於是顯名年二十八始宦

裴僕射時人謂爲言談之林藪惠帝起居注曰頠理甚淵博贍於論難

張華見褚陶語陸平原曰君兄弟龍躍雲津顧

彥先鳳鳴朝陽謂東南之寶已盡不意復見褚生陸曰公未覩不鳴不躍者耳褚氏家傳曰陶字季雅吳郡錢塘人褚先生後也陶聰惠絕倫年十三作鷗鳥水碓二賦宛陵嚴仲弼見而奇之曰褚先生復出矣弱不好弄清談閑默以墳典自娛語所親曰聖賢備在黃卷中舍此何求州郡辟不就吳歸命世祖補臺郎建中校尉司空張華與陶書曰二陸龍躍於江漢彥先鳳鳴於朝陽自此以來常恐南金已盡而復得之於吾子故知延州之德不孤淵岱之寶不匱仕至中尉

有問秀才吳舊姓何如答曰吳府君聖王之老成明時之儁乂朱永長理物之至德清選之高

望嚴仲弼九皐之鳴鶴空谷之白駒顧彥先八音之琴瑟五色之龍章張威伯歲寒之茂松幽夜之逸光陸士衡士龍鴻鵠之裴徊懸鼓之待槌

秀才蔡洪也集載洪與刺史周浚書曰一日侍坐言及吳士詢于芻蕘遂見下問造次承顏載辭不舉赦令條列名狀退輒思之今稱疏所知吳展字士季下邳人忠足矯非清足厲俗信可結神才堪幹世仕吳爲廣州刺史吳郡太守吳平還下邳閉門自守不交賓客誠聖王之老成明時之儁乂也朱誕字永長吳郡人體履清和黃中通理吳朝舉賢良累遷議郎今歸在家誠理物之至德清選之高望也嚴隱字仲弼吳郡人稟氣清純思度淵偉吳朝舉賢良宛陵

令吳平去職九皋之鳴鶴空谷之白駒也張暢字威伯吳郡人稟性堅明志行清朗居磨涅之中無淄磷之損歲寒之松栢幽夜之逸光也陸雲別傳曰雲字士龍吳大司馬抗之第五子機同母之弟也儒雅有俊才容貌瓌偉口敏能談博聞疆記善著述六歲便能賦詩時人以爲項託楊烏之疇也年十八刺史周浚命爲主簿浚常歎曰陸士龍當今之顏淵也累遷太子舍人清河內史爲成都王所害

凡此諸君以洪筆爲鉏耒以紙札爲良田以玄默爲稼穡以義理爲豐年以談論爲英華以忠恕爲珍寶著文章爲錦繡蘊五經爲繒帛坐謙虛爲席薦張義讓爲帷幙行仁義

不可解必有誤

為室宇修道德為廣宅按蔡所論士十六人無陸機兄弟又無凡此諸君以下疑益之

人問王夷甫山巨源義理何如是誰輩王曰此人初不肯以談自居然不讀老莊時聞其詠往往與其旨合顧愷之畫贊曰濤有而不恃皆此類也

洛中雅雅有三嘏劉粹字純嘏宏字終嘏漠字沖嘏是親兄弟王安豐甥並是王安豐女壻宏眞長祖也晉諸公贊曰粹沛國人歷侍中南中郎將宏歷秘書監光祿大夫晉後畧

曰漢少以淸識爲名與王夷甫友善並好以人倫爲意故世人許以才智之名自相國右長史出爲襄州刺史以貴簡稱按劉氏譜劉邠妻武周女生粹宏漢非王氏甥洛中錚錚馮惠卿名蓀是播子晉後略曰播字友聲長樂人位至大宗正生蓀八王故事曰蓀少以才悟識當世之宜蚤歷淸職仕至侍中爲長沙王所害蓀與邢喬俱司徒李胤外孫及胤子順並知名時稱馮才淸李才明純粹邢晉諸公贊曰喬字曾伯河間人有才學仕至司隸校尉順字曼長仕至太僕卿

衛伯玉爲尚書令見樂廣與中朝名士談議奇

之曰自昔諸人沒已來常恐微言將絕今乃復聞斯言於君矣命子弟造之曰此人人之水鏡也見之若披雲霧覩青天晉陽秋曰尚書令衛瓘見廣曰昔何平叔諸人沒常謂清言盡矣今復聞之於君王隱晉書曰衛瓘有名理及與何晏鄧颺等數共談講見廣奇之曰每見此人則瑩然猶廓雲霧而覩青天按廣清夷冲曠用心虛淡時人重其貞貴焉

王太尉曰見裴令公精明朗然籠蓋人上非凡識也若死而可作當與之同歸或云王戎語禮記

曰趙文子與叔譽觀于九原文子曰死者如可作也吾誰與歸鄭玄曰九原禮記作九京京與原通用作起也

王夷甫自嘆我與樂令談未嘗不覺我言爲煩晉陽秋曰樂廣善以約言厭人心其所不知默如也太尉王夷甫光祿大夫裴叔則能清言常曰與樂令言覺其簡至吾等皆煩

郭子玄有儁才能言老莊庾敳嘗稱之每曰郭子玄何必減庾子嵩名士傳曰郭象字子玄自黄門郎爲太傅主簿任事用勢傾動一府行多不協於人敦謂象曰卿自是當世大才我疇昔之意都盡矣其伏理推心

兄弟間品題略盡

皆此類也

王平子目太尉阿兄形似道而神鋒太儁太尉答曰誠不如卿落落穆穆王隱晉書曰王澄通朗好倫情一無所繫焉

太傅府有三才劉慶孫長才晉陽秋曰太傅將召劉輿或曰輿猶膩也近將汙人太傅疑而禦之輿乃密視天下兵簿諸屯戍及倉庫處所人穀多少牛馬器械水陸地形皆默識之是時軍國多事每會議事自潘滔以下皆不知所對輿便屈指籌計所發兵仗處所糧廩運轉事無凝滯於是太傅遂委仗之潘陽仲大才裴景聲

清才八王故事曰劉輿才長綜覈潘滔以博學爲名裴邈彊立方正皆爲東海王所暱俱顯一府故時人稱曰輿長才滔大才邈清才也

林下諸賢各有儁才子籍子渾器量弘曠世語曰渾字長成清虛寡欲位至太子中庶子康子紹清遠雅正已見濤子簡疏通高素虞預晉書曰簡字季倫平雅有父風與嵇紹劉漠等齊名遷尚書出爲征南將軍咸子瞻虛夷有遠志瞻弟孚爽朗多所遺名士傳曰瞻字千里夷任而少嗜欲不修名行自得於懷讀書不甚研求而識其要仕至太子舍人年三十卒中興書曰孚風韻疏誕少有門風初爲安東參軍蓬髮飲酒不以王務嬰心

秀子純悌並令淑有清流竹林七賢論曰純字長悌位至侍中悌字叔遜位至御史中丞晉諸公贊曰洛陽敗純悌出奔爲賊所害戎子萬子有大成之風苗而不秀晉諸公贊曰王綏字萬子辟太尉掾不就年十九卒晉書曰戎子萬有美號而太肥戎令食糠而肥愈甚也唯伶子無聞凡此諸子唯瞻爲冠紹簡亦見重當世

庾子躬有廢疾甚知名家在城西號曰城西公府虞預晉書曰琮字子恭潁川人太常峻第二子仕至太尉掾

王夷甫語樂令名士無多人故當容平子知王澄

別傳曰澄風韻邁達志氣不羣從兄戎兄夷甫名冠當年四海人士一爲澄所題目則二兄不復措意云已經平子其見重如此是以名聞益盛天下知與不知莫不傾注澄後事迹不逮朝野失望及舊遊識見者猶曰當今名士也

王太尉云郭子玄語議如懸河寫水注而不竭名士傳曰子玄有儁才能言莊老

司馬太傅府多名士一時儁異庾文康云見子嵩在其中常自神王晉陽秋曰敳爲太傅從事中郎

太傅東海王鎮許昌以王安期爲記室參軍雅

甚善有味

相知重敕世子毗曰夫學之所益者淺體之所安者深閑習禮度不如式瞻儀形諷味遺言不如親承音旨王參軍人倫之表汝其師之或曰王趙鄧三參軍人倫之表汝其師之謂安期鄧伯道趙穆也趙吳郡行狀曰穆字季子汲郡人貞淑平粹才識清通歷尚書郎太傅參軍後太傅越與穆及王承阮瞻鄧攸書曰禮八歲出就外傅十年曰幼學明可以漸先王之教也然學之所受者淺體之所安者深是以閑習禮度不如式瞻儀形諷味遺言不如親承辭旨小兒毗既無令淑之資未聞道德之風欲屈諸君時以閑豫周旋燕誨也穆歷晉明帝師

冠軍將軍吳郡太守封南鄉侯袁宏作名士傳直云王參軍或云趙家先猶有此本

庾太尉少為王眉子所知庾過江嘆王曰庇其宇下使人忘寒暑晉諸公贊曰玄少希慕簡曠八王故事曰玄為陳留太守或勸玄過江投瑯邪王玄曰王處仲得志於彼家叔猶不免害豈能容我謂其器宇不容於敦也

謝幼輿曰友人王眉子清通簡暢嵇延祖弘雅劭長董仲道卓犖有致度王隱晉書曰董養字仲道太始初到洛下

逢前悔禍以
上人皆眉子
佳可疑

千祿求榮永嘉中洛城東北角步廣里中地陷中有二鵝蒼者飛去白者不能飛問之博識者不能知養聞歎曰昔周時所盟會狄泉此地也卒有二鵝蒼者胡象後明當入洛白者不能飛此國諱也謝鯤元化論序曰陳留董仲道於元康中見惠帝廢楊悼后升太學堂嘆曰建此堂也將何爲乎每見國家赦書謀反逆皆赦孫殺王父母子殺父母不赦以爲王法所不容也奈何公卿處議文飾禮典以至此乎天人之理既滅大亂斯起顧謂謝鯤阮孚曰易稱知幾其神乎君等可深藏矣乃與妻荷擔入蜀莫知其所終

王公目太尉巖巖清峙壁立千仞顧愷之夷甫畫贊曰夷甫天形瓌特識者以爲巖巖秀峙壁立千仞

二陸所被稱猶爲名賢憶慕如此蓋以得見爲幸也

庾太尉在洛下問訊中郎庾敳中郎留之云諸人當來尋温元甫晉諸公贊曰温幾字元甫太原人才性清婉歷司徒右長史湘州刺史卒官劉王喬曹嘉之晉紀曰劉疇字王喬彭城人父訥司隸校尉疇善談名理曾避亂塢壁有胡數百欲害之疇無懼色援笳而吹之爲出塞入塞之聲以動其遊客之思於是羣胡皆泣而去之位至司徒左長史裴叔則俱至酬酢終日庾公猶憶劉裴之才儁元甫之清中中一作平

蔡司徒在洛見陸機兄弟住參佐廨中三間瓦屋士龍住東頭士衡住西頭士龍爲人文弱可

註已不能解按史記涉之爲王沉沉者註沉沉猶談談俗言深也談談二字見此意言深深見許也

此神氣又仰矜傲

愛士衡長七尺餘聲作鍾聲言多忼慨文士傳曰雲性弘靜怡怡然爲士友所宗機清厲有風格爲鄉黨所憚

王長史是庾子躬外孫王氏譜曰濛父訥娶潁川庾琮之女字三壽也

丞相目子躬云入理泓然我已上人子躬子嵩兄也

庾太尉目庾中郎家從談談之許名士傳曰敳不爲辨析之談而舉其旨要太尉王夷甫雅重之也一作家從談談之祖從一作誦許一作辭

庾公目中郎神色融散差如得上晉陽秋曰敳頹然淵放莫有動其聽者

劉琨稱祖車騎爲朗詣曰少爲王敦所歎虞預晉書曰逖字士穉范陽遒人豁蕩不修儀檢輕財好施晉陽秋曰逖與司空劉琨俱以雄豪著名年二十四與琨同辟司州主簿情好綢繆共被而寢中夜聞雞鳴俱起曰此非惡聲也每語世事則中宵起坐相謂曰若四海鼎沸豪傑共起吾與足下相避中原耳爲汝南太守值京師傾覆率流民數百家南度行達泗口安東板爲徐州刺史逖既有豪才常忼慨以中原爲已任乃說中宗雪復神州之計拜爲豫州刺史使自招募逖遂率部曲百餘家北渡江誓曰祖逖若不清中原而復濟此者有如大江攻城略地招懷義士屢摧石虎虎不敢復闚河南石勒爲逖母墓置守吏劉琨與親舊書曰吾枕戈待旦志梟逆虜常恐祖生先吾着鞭耳會其病卒先有妖星

見豫州分送曰此必爲我也天末欲滅寇故耳贈車騎將軍

時人目庾中郎善於託大長於自藏名士傳曰敳雖居職任未嘗以事自嬰從容博暢寄通而已是時天下多故機事屢起有爲者拔奇吐異而禍福繼之敳常默然故憂喜不至也

王平子邁世有儁才少所推服每聞衛玠言輒歎息絕倒玠別傳曰玠少有名理善通莊老琅邪王平子高氣不羣邁世獨傲每聞玠之語議至于理會之間要妙之際輒絕倒於坐前後三聞爲之三倒時人遂曰衛君談道平子三倒

王大將軍與元皇表云：舒風槩簡正，允作雅人，自多於邃。王舒已見。王邃別傳曰：邃字處重，琅邪人，舒弟也。意局剛清，以政事稱，累遷中領軍、尚書左僕射。舒、邃並敦從弟。最是臣少所知拔。中間夷甫、澄見語：「卿知處明、茂弘。茂弘已有令名，眞副卿清論；處明親疎無知之者，吾常以卿言爲意，殊未有得，恐已悔之。」臣慨然曰：「君以此試。」頃來始乃有稱之者。言常人正自患知之使過，不知使負實。使一作便。

周侯於荆州敗績還未得用王丞相與人書曰雅流弘器何可得遺鄧粲晉紀曰顗爲荆州始至而建平民傅密等叛迎蜀賊顗狼狽失據陶侃救之得免顗至武昌投王敦敦更選侃代顗顗還建康未即得用

時人欲題目高坐而未能桓廷尉以問周侯周侯曰可謂卓朗桓公曰精神淵箸高坐傳曰庾亮周顗桓彝一代名士一見和尚披衿致契曾爲和尚作目久之未得有云尸利密可稱卓朗於是桓始咨嗟以爲標之極似宣武嘗云少見和尚稱其精神淵箸當年出倫其爲名士所歎如此

王大將軍稱其兒云其神候似欲可王應也

卞令目叔向朗朗如百間屋春秋左氏傳曰叔向羊舌肸也晉大夫

王敦爲大將軍鎮豫章衛玠避亂從洛投敦相見欣然談話彌日于時謝鯤爲長史敦謂鯤曰不意永嘉之中復聞正始之音阿平若在當復絕倒玠別傳曰玠至武昌見王敦敦與之談論彌日信宿敦顧謂僚屬曰昔王輔嗣吐金聲於中朝此子今復玉振於江表微言之緒絕而復續不悟永嘉之中復聞正始之音阿平若在當復絕倒

傲也

王平子與人書稱其兒風氣日上足散人懷永嘉流人名曰澄第四子微澄別傳曰微邁上有父風

胡毋彥國吐佳言如屑後進領袖言談之流靡靡如解木出屑也

王丞相云刁玄亮之察察戴若思之巖巖虞預晉書曰戴儼字若思廣陵人才義辯濟有風標鋒穎累遷征西將軍爲王敦所害贈光祿大夫儀同三司卞望之之峯距卞壺別傳曰壺字望之濟陰冤句人父粹太常卿壺少以貴正見稱累遷御史中丞權門屏迹轉領軍尚書令蘇峻作亂率衆距戰父子二人俱死王難

此須註乃得了然

鄧粲晉紀曰初咸和中貴遊子弟能談朝者慕王平子謝幼輿等爲達壺厲色於朝曰悖禮傷教罪莫斯甚中朝傾覆實由於此欲奏治之王導庾亮不從乃止其後皆折節爲名士語林曰孔坦爲侍中密啟成帝不宜往拜曹夫人丞相聞之曰王茂弘駑痾耳若卞望之之巖巖刁玄亮之察察戴若思之峰距當敢爾不此言殊有由緒故聊載之耳

大將軍語右軍汝是我佳子弟按王氏譜羲之是敦從父兄子當不減阮主簿中興書曰阮裕少有德行王敦聞其名召爲主簿知敦有不臣之心縱酒昏酣不綜其事

世目周侯嶷如斷山晉陽秋曰顗正情嶷然雖一時儕類無敢媟近

祖約叛臣何足爾清談眞不足貴

王丞相招祖約夜語至曉不眠明旦有客公頭鬢未理亦小倦客曰公昨如是似失眠公曰昨與士少語遂使人忘疲

王大將軍與丞相書稱楊朗曰世彥識器理致才隱明斷既爲國器且是楊侯淮之子世語曰淮字始立弘農華陰人曾祖彪祖修有名前世父囂典軍校尉淮元康末爲冀州刺史荀綽冀州記曰淮見王綱不振遂縱酒不以官事規意逍遙卒歲而已成都王知淮不治猶以其名士惜而不遣召爲軍咨議祭酒府散停家關東諸侯欲以淮補三事以示懷賢尚德之事未施行而卒時

殊得首相傳鉢心事

年二十有七位望殊爲陵遲卿亦足與之處何次道往丞相許丞相以麈尾指坐呼何共坐曰來來此是君坐何充已見丞相治楊州廨舍按行而言曰我正爲次道治此爾何少爲王公所重故屢發此嘆晉陽秋曰充導妻姊之子明穆皇后之妹夫也思韻淹濟有文義才情導深器之由是少有美譽遂歷顯位導有副貳已使繼相意故屢顯此指於上下

王丞相拜司徒而嘆曰劉王喬若過江我不獨

拜公曹嘉之晉紀曰嚋有重名永嘉中爲閶鼎所害司徒蔡謨每嘆曰若使劉王喬得南渡司徒公之美選也

王藍田爲人晚成時人乃謂之癡晉陽秋曰述體道清粹簡貴靜正恬然自足不交非類雖羣英紛紛俊乂交馳述獨蔑然曾不慕羨由是名譽久蘊

王丞相以其東海子辟爲掾常集聚王公每發言衆人競贊之述於末坐曰主非堯舜何得事事皆是丞相甚相嘆賞言非聖人不能無過意譏讚述之徒

世目楊朗沈審經斷蔡司徒云若使中朝不亂

育表表于衆人

此語甚不容易不特包羅多風刺

楊氏作公方未巳謝公云朗是大才八王故事曰楊淮有六子曰喬髦朗琳俊仲皆有美名論者以謂悉有台輔之望文康庾公每追嘆曰中朝不亂諸楊作公未巳也

劉萬安即道真從子庾公所謂灼然玉舉琛字子躬

又云千人亦見百人亦見劉氏譜曰綏字萬安高平人祖奧太祝令父斌著作郎綏歷驃騎長史

庾公爲護軍屬桓廷尉覓一佳吏乃經年桓後遇見徐寧而知之遂致於庾公曰人所應有其

不必有人所應無已不必無眞海岱清士徐江州本事曰徐寧字安期東海剡人通朗有德素少知名初爲輿縣令譙國桓彝有人倫鑒識嘗去職無事至廣陵尋親舊遇風停浦中累日在船憂色上岸消搖見一空宇有似廨署彝訪之云輿縣廨也令姓徐名寧彝旣獨行思逢悟賞聊造之寧清惠博涉相遇怡然遂停宿因留數夕與寧結交而别至都謂庾亮曰吾爲卿得一佳吏部郎亮問所在彝郞敘之累遷吏部郎左將軍江州刺史

桓茂倫云褚季野皮裏陽秋謂其裁中也晉陽秋曰裒簡穆有器識故爲彝所目也

賊何足道當是緣丞相保存意耳

一樣語病此復可丶

好語有味

何次道嘗送東人瞻望見賈寧在後輪中曰此人不死終爲諸侯上客晉陽秋曰寧字建寧長樂人賈氏孽子也初自結於王應諸葛瑤應敗浮遊吳會吳人咸侮辱之聞京師亂馳出投蘇峻峻甚暱之以爲謀主及峻聞義軍起自姑孰屯于石頭是寧之說峻敗先降仕至新安太守

杜弘治墓崩哀容不稱庾公顧謂諸客曰弘治至羸不可以致哀晉陽秋曰杜乂字弘治京兆人祖預父錫有譽前朝乂少有令名仕丹陽丞蚤卒成帝納乂女爲后又曰弘治哭不可哀

世稱庾文康爲豐年玉穉恭爲荒年穀庾家論

晉語暢處別

云是文康稱恭爲荒年穀庾長仁爲豐年玉謂亮

有廊廟之器翼有匡世之才各有用也

世目杜弘治標鮮季野穆少江左名士傳曰乂淸標令士也

有人目杜弘治標鮮淸令盛德之風可樂詠也

語林曰有人目杜弘治標解甚淸令初若熙怡容無韵盛德之風可樂詠也

庾公云逸少國擧故庾倪爲碑文云拔萃國擧

倪庾倩小字也徐廣晉紀曰倩字少彥司空冰子皇后兄也有才具仕至太宰長史桓溫以其宗彊使下邳王晃誣與謀反而誅之

眞摧悲懷抱

庾稺恭與桓溫書稱劉道生日夕在事大小殊快義懷通樂既佳且足作友正實良器推此與君同濟艱不者也宋文帝文章志曰劉恢字道生沛國人識局明濟有文武才王濛每稱其思理淹通蕃屏之高選爲車騎司馬年三十六卒贈前將軍

王藍田拜揚州主簿請諱教云亡祖先君名播海內遠近所知內諱不出於外禮記曰婦人之諱不出門無所諱

蕭中郎孫丞公婦父劉尹在撫軍坐時擬爲太

語自慷慨萬裁爲人婦又似婿有雋處

問向客答向客可觀

劉尹慣不饒人一着

常劉尹云蕭祖周不知便可作三公不自此以還無所不堪晉百官名曰蕭輪字祖周樂安人劉謙之晉紀曰輪有才學善三禮歷常侍國子博士

謝太傅未冠始出西詣王長史清言良久去後苟子問曰王濛子脩並已見向客何如尊長史曰向客亹亹爲來逼人

王右軍語劉尹故當共推安石劉尹曰若安石東山志立當與天下共推之續晉陽秋曰初安家於會稽上虞縣

英雄相識故不以成敗論

旌旗自相異名德乃不足道

空函殆智

優遊山林六七年間徵召不至雖彈奏相屬繼以禁錮而晏然不屑也

謝公稱藍田掇皮皆真徐廣晉紀曰述真審真意不顯

桓溫行經王敦墓邊過望之云可兒可兒孫綽與庾亮牋曰王敦可人之目數十年間也

殷中軍道王右軍云逸少清貴人吾於之甚至一時無所後文章志曰羲之高爽有風氣不類常流也

王仲祖稱殷淵源非以長勝人處長亦勝人晉陽秋曰浩善以通和接物也

觀此知林公未簡於辭

不及前語

王司州與殷中軍語歎云己之府奥蚤已傾寫而見殷陳勢浩汗衆源未可得測徐廣晉紀曰浩清言妙辯玄致當時名流皆爲其美譽

王長史謂林公眞長可謂金玉滿堂林公曰金玉滿堂復何爲簡選王曰非爲簡選直致言處自寡耳謂吉人之辭寡非擇言而出也

王長史道江道羣人可應有乃不必有人可應無己必無中興書曰江灌字道羣陳留人僕射彪從弟也有才器與從兄逌名相亞

有美有說

仕尚書
中護軍

會稽孔沉魏顗虞球虞存謝奉並是四族之雋于時之桀沉存顗奉並别見虞氏譜曰球字和琳會稽餘姚人祖授吳廣州刺史父基右軍司馬球仕至黃門侍郎孫興公目之曰沉爲孔家金顗爲魏家玉虞爲長琳宗謝爲弘道伏長琳郎存及球字也弘道謝奉字也言虞氏宗長琳之才謝氏伏弘道之美也

王仲祖劉眞長造殷中軍談談竟俱載去劉謂王曰淵源眞可王曰卿故墮其雲霧中中興書曰浩能

言理談論精微長於老易故風流者皆宗歸之

劉尹每稱王長史云性至通而自然有節濛別傳曰濛之交物虛己納善恕而後行希見其喜慍之色凡與一面莫不敬而愛之然少孤事諸母甚謹篤義穆族不脩小節以清貧見稱

王右軍道謝萬石在林澤中爲自遒上歎林公器朗神儁支遁別傳曰遁任心獨往風期高亮道祖士少風領毛骨恐沒世不復見如此人道劉眞長標雲柯而不扶疎劉尹別傳曰惔旣令望姻婭帝室故屢居達官然性不偶俗心淡榮利雖身登

顯列而無挹降，
閑靜自守而已。